ラルーナ文庫

仁義なき嫁
片恋番外地

高月紅葉

JN171591

三交社

C O N T E N T S

Illustration

高峰 顕

仁義なき嫁　片恋番外地

本作品はフィクションです。
実際の人物・団体・事件などにはいっさい関係ありません。

1

「役員についてのリストはこちらになります」

応接テーブルの上に出された書類を手に取り、岩下周平《いわしたしゅうへい》がソファーの背にもたれかかる。三つ揃《ぞろ》えのジャケットを脱ぎ、ネクタイをゆるめたベスト姿は、昨今の映画俳優でもめったにいないと思うほど様になっていた。

指に挟んだままのタバコに気づいた岡村《おかむら》が壁際から離れて灰皿を差し出すと、揉《も》み消さずに灰だけを落として、くちびるにくわえ直した。

「経歴書はこちらにまとめました」

向かい側に座る支倉千穂《はせくらちほ》は、いつもの几帳面《きちょうめん》さで書類を並べ置く。

「身辺調査の結果は反映させていません。ご覧になりたい場合は、端末の方でお願いします」

「おまえが見て問題ないなら、確認するまでもない。あとで目を通すから、進めてくれ」

「ありがとうございます。では、次の件ですが」

書類をテーブルの端にまとめ、今度はファイルを取り出した。

「そこまで知っておく必要があるのか」

かれこれ二時間は続いている報告に、岩下は心底うんざりしている。

「もちろんです。聞き流してくださってかまいませんが、一通りの説明はさせていただきます」

顔を上げた支倉は、眉《まゆ》ひとつ動かさずに答えた。

「こちらは国会に提出されている法案の改正案と、それに対する各党・各派閥の動向です。委員会における各議員の立ち回り方も入れておきましたので、のちほど目を通してください」

「……シン」

支倉を指で制し、岩下が振り返った。今度こそタバコの火を消して、苦々しく顔を歪《ゆが》める。

「新しいコーヒーを頼んでくれ。支倉、逃げずに聞くから、一旦休憩だ」

「わかりました。では、十五分後に再開しましょう」

うなずいた支倉は腕時計を確かめ、生真面目《きまじめ》に答える。

「高校の授業か……」

立ち上がる岩下のぼやき声を聞きながら、岡村は部屋の外で控えている秘書に内線電話でコーヒーを頼んだ。

横浜の湾岸にある高層ビルに構えたオフィスは、大滝《おおたき》組若頭補佐を務める岩下周平の『本拠地』だ。

社長室のあるフロアの上下階も借り上げているが、働いている人間の数は知れていた。公に知られているフロント企業とは別の会社であり、登記上は岩下の名は使われていない。とはいえ、ペーパーカンパニーでもなく、毎年しっかりと利益を上げ、国への税金も滞りなく納めている優良企業だ。

「佐和紀《さわき》はどうしてる」

大きな窓ガラスがはめられたオフィスの中で、唯一ビジネスライクな印象を与えている重役デスクに近づいてきた岩下が、こっそりとささやく。

「こちらが終わるまでは屋敷で待っているとのことです」

「……こっちはおまえが聞いておいてくれよ」

かなり本気の冗談を口にして、岩下がデスクを回り込む。引き出しからタバコの箱を出し、年代物のジッポで火をつけた。

葉巻タバコの匂《にお》いが鼻先をかすめ、岡村は同情しながら眉をひそめた。煙は、天井にぶらさがったシャンデリアへと立ち上っていく。

事実、岩下の多忙さは特殊だ。

フロント企業の業務に加え、『大滝組』若頭補佐としての渉外活動。シノギの管理。それから、『大滝組直系本家』に関する雑多な管理業務。

それだけでも目が回る忙しさだが、支倉が差し込む『レクチャー』が半端ない。今中断された報告がそれで、週に数回、社会情勢・政府の動向・経済についての講義が行われるのだ。

資料のファイルだけでもかなりの量がある上に、支倉が海外から戻ってきてからは、月に一度の割合で内容に対する見解を求められるというのだから、岡村には信じられない。

「夜は、食事会です。抜けられませんので、よろしくお願いします」

地獄耳の支倉に言葉を投げられ、岩下は眼鏡《めがね》をはずしながら肩をすくめた。葉巻タバコの濃厚な煙を吐き出す表情は、それでも口ほどに疲れを見せておらず、この環境を愚痴ることも単なるいたずら心だ。本気で嫌がっているわけじゃない。

今は暴力団幹部に収まっている岩下だが、そう遠くないうちに引退して組織の外に出る。同じ裏社会でも毛色の違う、さらに地下へ足を突っ込もうとしているらしく、組の中でも数人だけが知っている決定事項だった。

先導するのは、大滝組組長の一人息子である悠護《ゆうご》だ。すでに家を捨てている彼の出資が、現在の岩下を作ったと言っても過言ではない。

「支倉。おまえな、俺が佐和紀に捨てられたら、どう責任を取ってくれるんだ」

デスクに腰を預け、岩下は笑いながら言った。

「捨てられる程度の関係なのが悪いのでは？」

さらりと返され、きりりとした眉を跳ね上げる。

「よく言うよ」

「お忙しいなら、さっさと仕事を変えられてはいかがです。ヤクザの幹部なんてくだらない遊びは早々におやめいただきたい」

岩下の下に付き、大滝組にも出入りしているが、構成員ではない支倉の言葉は慇懃《いんぎん》無礼《ぶれい》だ。ところどころにトゲがある。

さっぱりと切り揃えた髪を一分の乱れもなく撫《な》でつけ、ブリティッシュスーツを着込んだ外見は隙《すき》もなく潔癖だ。

洒落《しゃれ》たイタリアンスーツを着こなす岩下とは見事な対になっていたが、支倉の上質でありながら地味な色使いは、一癖ある生地を選びたがる上司を際立たせてもいた。

岩下にへりくだるために安いスーツを選ぶ岡村とは、根本的な考え方が違っている。

支倉は、自分の身なりの良し悪しが岩下の評価に影響すると主張するタイプだ。自分自身に対しても自信があるのだろう。

それが口先ばかりではないから鼻持ちならないのだが、支倉に対して岡村が感情を表に出したことはない。張り合ったところで意味はないし、考え方が違うのは、立ち位置が違うからだと理解してきた。

岩下と支倉のやりとりを聞いていた岡村は、ドアをノックする音に気づいてデスクを離れた。ドアの外に出て、秘書が用意したコーヒーをトレイごと受け取る。テーブルの上にあるカップをすべて取り替えると、香りに誘われたように岩下がソファーへ戻ってきた。

「岡村にも、そろそろ仕事を振ってください」

いきなり自分へと水を向けられ、使用済みのカップを部屋の外に出した岡村は驚いた。振り向くと、背後でドアの閉まる音がする。秘書が向こう側から閉めたのだ。その音がやけに大きく聞こえたのは、話題の内容が気まずかったからだ。

まっすぐ向けられた支倉の視線がふいっとはずれた。

高まった緊張が和らいだのも、束《つか》の間。支倉の鋭い声が部屋に響いた。

「あなたの女の後始末も粗方終わったと聞いています。これ以上、遊ばせておくのはよくありません」

「遊ばせてはないだろう」

答えたのは岩下だ。

「カバン持ちと運転手。『奥さま』のお側《そば》付き。どれもたいした仕事ではありません」

「おまえが仕事を取ったんだよ。カバン持ちじゃなくて、秘書業務だ」

「そのおつもりなら、そのように教育します」

支倉の言葉に、岩下の眉がまた動く。迷惑そうに眉根を寄せ、ふっと息を吐き出した。

一筋縄ではいかない支倉は有能な男だ。

国内外の情勢をレクチャーするのも、岩下が行う今後の仕事のためであり、ひとつしかない岩下の身体《からだ》を慮《おもんぱか》り、他業務を減らす手助けもぬかりない。元は悠護のお仕着せ秘書だったが、今は支倉自身が岩下の男振りに心酔している。

「前から申し上げていますが、デートクラブの経営管理を岡村に任せてください。秘書業務は私が兼任します。カバン持ちと運転手程度なら、掃いて捨てるほどいるじゃないですか」

「そう急《せ》かすなよ」

ソファーの背に肘《ひじ》をついて頭を支えた岩下が、支倉に答えながら岡村を見た。眼鏡をかけ直した視線を受け、岡村は無意識に背筋を伸ばす。

任せられたというより、強引に押しつけられた愛人関係の整理も、結婚後一年でおおよその片がついていた。

数人の女は利用価値を見込まれており、それぞれの行き先が決まるまでの世話は続いている。その他にはシノギを手伝う舎弟たちのサポートが岡村の業務だ。

自然と岩下の近辺について詳しくなり、デートクラブの管理担当が決まっていないことも知っていた。

「時間ですね」

十五分よりも数分早く、支倉が会話を切り上げる。

コーヒーカップを口に運んだ岩下は、小さく息を吸い込み、何もかもをあきらめたようなけだるい息を吐く。ただそれだけの仕草が、男の色気を増幅させた。

女を虜《とりこ》にする性的な魅力は、同時に男たちの反発を招き、『女衒《ぜげん》』と揶揄《やゆ》されてきた。それが元の仕事だったことは事実だが、今となってはやっかみに過ぎない。

女の身体を開いて金に換えるゴロツキが、あっという間に大組織の幹部へ昇進したのだ。陰口のひとつやふたつ、言いたくなるのも道理だ。

再開された講義《レクチャー》を邪魔しないようにソファーから離れ、岡村は深く一礼して、部屋を出た。

柔らかな室内楽が流れる続きの間は、受付兼秘書室になっている。

「コーヒーでも？」

すかさず声をかけられ、肩の力を抜きながら振り向いた。デスクから立ち上がったのは、ボディコンシャスなネイビーブルーのスーツを着た秘書だ。

「いただきます」

「座っていらして」

にこりと微笑《ほほえ》み、部屋の隅にある待合用のテーブルセットを示される。

秘書室に詰めている野口静香《のぐちしずか》は長身の美女だ。身体つきもセクシーなら、日本人女性には珍しいような濃い目のメイクも決まっている。でも、完璧《かんぺき》かといえばそうでもない。笑っていないときは少しだらしなくなる口元が性的で、男を無自覚に誘うような雰囲気があった。

職場の風紀を乱すタイプだ。それが原因かどうかは知らないが、三十半ばにして父親の違う幼い子どもを三人、女手ひとつで育てている。岩下とも何度かは夜を共にしたようだが、金銭面で甘えることはなく、愛人関係さえ希望しなかった。上司のためなら酒に付き合う程度の気楽さでベッドに乗るが、それもビジネスライクな関係だと割り切っている。

男にとってはかなり都合のいい存在だが、頭の方はゆるくない。

「社長は少しも暇にならないのね」

マグカップにコーヒーを淹《い》れてきた静香はデスクに戻らず、岡村の隣に並んだ。身体に添ったタイトなスカートは膝《ひざ》より長いが、座ると深いスリットがきわどい。

静香は『社長』と呼ぶが、正確にいえば岩下はこの会社の社長じゃない。図面上は真逆の場所が社長室になっており、ここはサーバー室の扱いだ。

悠護の計らいでそれなりの権力が絡み、同業者や警察が嗅《か》ぎつけても、手出しをすることは難しいようになっていた。岩下の兄貴分である岡崎《おかざき》とその妻である京子《きょうこ》も知らないし、出入りする人間も、事実、両手指の数に満たない。

「暇になった方です」

「それは『お遊び』をしなくなったからでしょう?」

「頭だけを使ってる分、まだマシ……」

本音を漏らした岡村がマグカップを掴《つか》むと、静香は肩を揺らした。笑い声をこぼす。

「結婚して二年も経つのに」

言わんとしていることはわかる。

結婚する二年前も岩下は激務だった。でも、その三分の一は、手を引いても問題ない、それこそ『女衒』の行為を続けていたせいだ。

良く言えば現場主義。

悪く言えば、セックス依存症。

毎晩、三人の女を乗り換えて一ヶ月を過ごせるのは、異常性欲だろう。もちろん、精力剤の類《たぐい》は使っている。でも、そうまでしてもやらなければいけないことじゃない。

指摘できたのは支倉だけだったが、口うるさい男の小言はまったくの効き目もなく、ぴたりと止まったのは別のことが要因だった。二年前、岩下は結婚したのだ。名前も知らない顔も知らない、岡崎が選んできた『男』と披露宴を挙げ、幹部たちの神経を軒並み逆撫でにした。

「奥さまをよっぽど大事にしてるのね」

「うらやましいんですか」

「どっちに対して？」

軽い口調で首を傾《かし》げた静香の長い髪が、肩から滑り落ちる。

結婚相手に大事にされる『嫁』に対してなのか。それとも、大事にしたいほどの相手を見つけた『旦那《だんな》』に対してなのか。問うてくる静香は、油断ならない。

心の奥底を覗《のぞ》き込もうとする容赦のない視線を、岡村は逃げずに受け止める。

「仕事でもしてないと、奥さまで頭の中がいっぱいになっちゃうんでしょうね。そんなに素敵な人？」

「俺に聞かないでください」

「でも、お世話係をしてるんでしょう？　支倉さんがおっしゃってたわよ。あなたたちまで骨抜きにされて、使いモノにならないって」

残像を探してでもいるかのように見つめられ、されるに任せた岡村はかすかに目をすがめた。

「そういう支倉さんだって甘いんですよ」

「そうだと思うわ。あの人なら、別れさせるぐらい造作もないことだもの。しないってことは、認めてるってことでしょう」

今までも、岩下のためにならない愛人は手酷《てひど》く引き剝《は》がしてきた。そのどれもが、岩下にとって本気の相手じゃなかったとしても、人に指図されたくない部分だ。遺恨を残して、関係がギスギスしたこともある。

だからこそ、二年前の結婚話のときは、支倉をアジアへ長期出張させたのだ。

それが特別な相手と添いたいからではなく、周りすべてに対する当てつけの茶番劇だというのが、岩下らしい。

周りが熱くなるほどに冷め、すべてに対して億劫《おっくう》になる。でも投げ出すわけにはいかないから、何もかもを台無しにしたくなってしまう。

そんな男がようやく組を出る段取りを始め、支倉のレクチャーにも身を入れるようになったのだ。支倉がこの結婚に口を挟むことも、解消させることも、まずはない。

支倉の目的はただ、岩下だけだ。そのために、結婚相手である佐和紀を最大限利用する思惑は透けている。

当たり前の行動だと頭では理解していても、支倉のやり方は岡村にとって不満しかない。岩下の側近だと居丈高に振る舞うことに対してではなく、佐和紀のことをひとつの駒《こま》として見ていることに対してだ。

佐和紀自身は気にもとめていないし、なぜか支倉を気に入っているようで、それもおもしろくない。そこへ来て、支倉がことあるごとに、自分をデートクラブの運営管理に推薦するのが気に障る。

それを受ければ、佐和紀の世話係からは、はずされる。

とはいえ、断ったところで世話係でいられるかどうかは、岩下の胸先三寸だ。その現実が、岡村を億劫な気持ちにさせる。

下部組織から大滝組直系本家の屋敷に入ってきた佐和紀は、この二年で自分なりの立ち位置を見出していた。顔見知りも増えたし、どこへ行っても臆《おく》することがない。

世話係についていても、三人のうちでは比較的に都合がつきやすい三井《みつい》が、ほぼ専属で動く形ができあがっている。

「難しい顔ねぇ……」

からかうような静香から視線をはずし、岡村は苦味の強いコーヒーを喉《のど》に流し込む。砂糖入りのコーヒーしか飲まない佐和紀を思い出した。

「ちょっと大人っぽい」

柔らかな女の声とともに、指でうなじを撫でられる。

性的な意味合いはなく、弟をからかう気安さだ。シャツの襟を直される。

「やっぱり、仕立てのいいスーツは違うわ。テーラーは元町《もとまち》？　社長のところとは違うみたい」

「職人が違うだけで、店は同じです。俺のは日本スタイルで」

「ちょっと、野暮ったいのね」

静香がくすりと笑う。

「でも、量産品とは違ってる。肩のラインが合ってるし、腕が長く見えるのかな……。シャツは？　既製品？」

襟を引っ張られ、軽く振りほどくと、今度はネクタイを掴まれる。静香の香水の匂いがして、記憶が交錯した。

その人から香るのは、引き出しに入れた白檀《びゃくだん》が主体になっている防虫香の匂いだ。化学物質を組み合わせた既製品ではなく、京都の専門店が調合しているもので、日常着にしている和服から淡く匂い立つ。

「これはオーダーメイドです。銀座《ぎんざ》にある店で……」

「ネクタイを選んだのは？　こんな色は珍しい」

「静香さん。やめてください」

「まるで、恋人みたいに口うるさい？　慎一郎《しんいちろう》くんは奥さまと同い年でしょう。私は社長と近いから、あの二人って私たちぐらいの年の差ね」

「その呼び方も」

「いじわるね」

「どっちがですか」

静香と岡村は数ヶ月に一度、食事に行く程度の仲だ。でも男女の仲になったことはないし、食事には三人の子どもたちも同席する。

シングル家庭の状況を見守る意味合いが強く、元は岩下の指示だった。

「知ってるわよ。私みたいな年増は興味ないでしょう」

「いきなり、なんですか」

「誰《だれ》かいるわね」

「いませんよ」

そっけなく答え、ネクタイの先を取り戻す。

シャツとネクタイを選んだのは佐和紀だ。自分の服になると邪悪なほど色彩感覚が壊滅するくせに、他人に対しては不思議と繊細なセンスを見せる。遊び心と悪趣味の微妙なさじ加減で、意外にも女性受けがいい。

「センスのいい彼女ができたなら、いいことじゃない。今まで無頓着《むとんちゃく》すぎたのよ。わりと見違えたわ。かっこよくなった」

朴訥《ぼくとつ》としたうだつのあがらないサラリーマン。それをイメージにしてきたが、限界は近づきつつある。

三十を過ぎれば、みっともなさが際立つだけだと岡村自身も自覚していた。

それよりも何よりも、ある一人の相手に、褒められたいと思う欲があることは事実だ。

「アニキに言わないでくださいよ」

「邪魔されたりしないわよ」

今は、と続く。昔はおもしろいほど邪魔をされた。

付き合った女を軒並み寝取られ、その誰もが遊び捨てられていくのを見ているうちに、恋愛に対する妄想も夢も希望も薄まり、今となっては、はらわたを煮えくり返していた自分の若さが懐かしいほどだ。

人間は決して打たれ弱くはない。その気があれば、どんな環境にも馴染《なじ》んでいける。

「勘違いだからです」

「こういう色使いって、センスが独特っていうか……。メンズ系のアパレルの子なら選ぶかしら」

「だから」

「……うちの奥さんだよ」

スッと、低く耳触りのいい声が入ってくる。

岡村は慌てて立ち上がり、静香はそっと自分のデスクへ戻っていく。

「買い物になんか付き合わせて……」

ソファー越しに、岩下の手が伸び、岡村のネクタイをそっと掴んだ。絡めるようにして、引き寄せられる。

「俺には選ばない色だ。でも、おまえにはよく似合ってる。今のおまえのイメージなのか、それとも、こういうふうになって欲しいのか。なぁ、どっちだろうな」

最後の質問は、デスクへ戻った静香へ向けられた。

「後者だと思います」

岡村をからかっていたことなど忘れたかのように、静香はつんと澄ました秘書の顔で答える。

「だって、さ」

と顔を覗き込んでくるいたずらな口調が佐和紀と似ていた。二人は夫婦なのだと、実感させられる。

「あと三十分で終わらせるから、佐和紀に連絡しておいてくれ」

「猶予は一時間です」

オフィスから支倉が顔を出す。背を向けたままの岩下が思いっきり顔をしかめた。

「一時間あれば、ホテルに」

予約を取らせようと静香へ向き直ったが、支倉が間髪入れずに止めた。

「絶対にダメです。それで済むあなたですか？　もしものときは、最中にでも押し入りますよ」

「……おまえ、何日、俺を拘束してると思ってるんだ」

「たったの五日です。あと一日我慢されれば、半日は休めますよ」

「その日は着物を見に行く約束なんだ」

「では、しかたがありません」

支倉はそっけない。岩下にしても、本当なら半日たっぷり使って嫁をかわいがりたいのだろう。

でも、ごく普通のデートをないがしろにして、身体だけなのかと機嫌を損ねられるのも嫌なのだ。

「そんなに必要なら、昼間に睡眠を取らせて、夜は起こしておけばいいでしょう。だいたい、前の休みに体調を崩したのは、あの男です。そのような生活をさせておくのがいけないんです」

「支倉。嫁はセックスのためにいるんじゃない」

「それをあなたの口から聞く日が来るとは思いませんでした。でしたら、明後日《あさって》の呉服屋行きで満足してください」

「仕立てた着物を脱がせる時間ぐらい取らせろよ!」

岩下が床をドンッと踏み鳴らす。秘書デスクの静香が顔を背けた。笑いを噛《か》み殺しているのだ。

「あなたがお忙しいのは、私のせいばかりではありませんよ。春には海外旅行にも行かれたでしょう。夏の終わりには岡崎さんの別荘へも顔を出したいとおっしゃられるので、そちらの調整もしています。それに、うまくいけば、秋に三日ほどまとめて休みを作れます。

考えてますよ、私だって」

　支倉が胸をそらした。

「無理に作った隙間時間の行為より、まとまった休みで旅行にでも誘った方が、よっぽどいつもと違うサービスが期待できると思いますが、どうでしょうね」

　一瞬の間を置いて、岩下の頬《ほお》がひくりと動いた。指先で眼鏡を押し上げ、息をつく。

　絵になる仕草だが、長年一緒にいれば内心は読める。

　恋に浮足立つ岩下を見る日が来るとは思わなかった。それは、この場にいる人間の総意だろう。

「わかった。一時間で切り上げる」

「正味四十五分ですよ。駐車場に入って、出てくるまでで一時間ですから」

　オフィスへ戻る支倉が意地の悪い釘《くぎ》を刺す。

「ふざけるな」

　忌々しげに答えた岩下も、その後を追って入っていく。

　扉が再び閉まり、岡村は携帯電話を取り出した。

「本当に、お休みをつぶして、買い物に付き合っていらっしゃるの？」

　電話をかける前に、静香が口を開いた。

「先月、嫁入りで持ってきた着物を汚して、ずいぶん怒られたらしいです。ご機嫌取りですよ」

「ご機嫌、取り……？　社長が……？」

二年経っても、静香は腑《ふ》に落ちない顔をする。

それは、嫁である佐和紀に会ったことがないからだ。会えばわかる。岩下が惚《ほ》れ込んだ理由も、支倉が甘くなってしまう原因も。

岡村は何も言わずに携帯電話を操作して、佐和紀と一緒にいる三井へ連絡を入れた。


周平がオフィスへ戻ってから二十五分で支倉の話が終わり、地下駐車場に停めた大型のセダンに乗って別のビルの地下駐車場へ移動する。オフィスフロア勤務者専用のスペースは、コンクリの壁で分けられている上に業務時間内はほとんど人が通らない。絶好の逢引《あいびき》ポイントだ。

大滝組の屋敷から佐和紀を乗せてきた国産車は、時間ぴったりに到着した。運転席でハンドルを握るのは、仕事の入った三井の代わりを受け持った中年構成員だ。ヤクザらしくない温和な雰囲気が、いかにも『運転手』らしい。まさか、ここで若頭補佐夫妻がカーセックスするとは思ってもいないだろう。

もしかしたら、ほんの少しは妄想するかもしれない。岩下の前歴と悪癖は誰でも知っている。

いつもの和服姿で現れた佐和紀がセダンの後部座席へ乗り込むのと入れ違いに、岡村は運転席を出た。

佐和紀を乗せてきた車へ目配せすると、そのまま静かに動き出す。連絡が入るまでは時間貸し用のスペースで待機だ。

夫婦の乗ったセダンから離れた岡村は、向かい側の駐車スペースへ移動する。停まっている大型高級車の背後に身を隠した。

四六時中見張っておく必要もないのだが、他の利用者が現れないとも限らない。念のためだ。

それから、興に乗って時間を忘れないようにと支倉からしつこく念を押されている。もしものときはドアを開けてでも止めて、佐和紀の乗ってきた車に岩下を押し込まなければならないのだ。

コンクリの壁に背中を預けた岡村は、目隠しに置いたサンシェードを見つめる。サスペンションの柔らかい車は、かすかに揺れていた。

誰もいないからいいものの、最後の方はかなり激しく動く。

一緒に暮らしているのだから車でしなくても……と思うが、蜜月《みつげつ》が続いている二人には良いスパイスになるらしい。恋愛経験の乏しい佐和紀には特に物珍しい行為だ。

どこでもいいから抱き合いたいと思わせつつ、身体だけが目的だと不安がらせない程度の逢引は、慣れや飽きを感じさせまいとする岩下の計らいでもあり、過去を知っている人間からすれば涙ぐましいほどの『努力』だった。

それほどに岩下は新妻を愛しているわけだ。秘書室でも生ぬるい空気になったが、今までの岩下からは想像もできない。

恋人の服を選んだり、買い物に付き合ったり。相手の心の機微を、利用するためでなく気にかけるなんて絶対になかった。会った瞬間にはセックスをして、終われば会話もない。仕事絡みでなければなおさら、そういうドライな付き合いを好んでいた。

恋愛感情を持つことがなかったのは、特別に扱うほどの相手がいなかったことに加え、好意を向けられることが面倒だったからだが、それは無理な話だ。

岩下ほどの色男に惚れない女はいない。男振りも良ければ、セックスのテクニックもある。その上、冷たければ冷たいほど、全身を覆う憂いが色気になるような男だから、放っておいても女の方が足元へひれ伏す。岡村は幾度となく目の当たりにしてきた。

そして、佐和紀の登場だ。初めて顔を合わせたのは、組屋敷の披露宴の翌日。初夜がケンカ別れに終わったことを気に病みもしないチンピラは、組長の入院費のために身売りしたとは思えない態度でそこにいた。

怯《おび》えることもなければ、へりくだることもなく、同じ組の出身である若頭の岡崎の威を借りているのかと、怪しむこちらがバカバカしくなるほどの自然体で野暮ったい眼鏡を押し上げていたのだ。

外見の魅力を使いこなせない未熟さを、鬱陶《うっとう》しく感じた瞬間もある。岩下の足手まといになりはしないかと、支倉みたいな心配をしたこともあった。

すべては周りの身勝手な思惑だ。あれこれと横槍《よこやり》が入る夫婦生活の中で、佐和紀はマイペースに生きている。岩下周平の『妻』であることに疑問を抱く様子もない。飄々《ひょうひょう》としていて、おおらかだ。男だとか女だとか、生まれや育ちや、過ごしてきた組織の大小にこだわらず、自分を愛し、たいせつにしてくれる相手に対しては情を惜しまない。

今となっては古錆《ふるさ》びてしまった『仁義』の価値観が佐和紀のモットーだ。

結婚して三年目。岩下だけを見つめていた佐和紀は、少しずつ視野を広げている。成長を支えているのは『夫』である岩下だ。これ見よがしに愛し慈しみ、その反面でひそやかに守っている。陰日向《かげひなた》に、とは岩下の行為のようなことをいうのだ。

薄々感じている佐和紀もまた、男の気遣いを突っぱねたり声高に労《ねぎら》ったりはしない。日に日に深くなっていく二人の絆《きずな》を眺めるにつけ、岡村の胸は甘酸っぱく締めつけられる。許されない横恋慕だ。報われることもない。

わかっていてもやめられないのが恋の道だが、相手が悪すぎる。岩下の嫁に手を出せば、追い出されるだけでは済まないだろう。これまで大事にされてきた分だけ、岩下は容赦なく追い詰めてくるに違いない。

佐和紀を好きになることは自由でも、一線を越えれば裏切り行為だ。

揺れの収まった車を眺めながら、岡村はスーツの内ポケットを探った。ワイヤレスイヤホンを、右耳にだけ押し込む。

音はいつもながらに鮮明だった。

衣擦《きぬず》れの音と、弾む息。怒ったような、拗《す》ねているような、佐和紀の声が聞こえる。

『もっと……してくれないと……』

『何をだ』

答える岩下の声は、誰と話すときよりも張りがあり、人間らしい感情に溢《あふ》れている。好きな相手をいじめたいのを必死にこらえ、できる限り優しく問いかけているのが岡村にはわかった。

佐和紀は粗雑なように見えて繊細だ。下手に扱えば、裸で車を飛び出しかねない。

そんなことになれば、着物の一枚や二枚では許されないだろう。

『家出』という一番恐ろしい手段を、佐和紀はなんの気もなく使いまくる。置いていかれる方の気持ちなんて考えもしない。好きな相手のために我を抑えることができず、奔放な自分のすべてを受け止めてもらいたいと、まず願う。傍《はた》から見れば、身勝手で子どもっぽい独りよがりだ。

でも、岡村は知っている。わがままなその一方で、佐和紀は相手のすべてを受け入れようとする。それも、ありのままをだ。

汚いところも酷いところも、傷も迷いもすべてを欲しがる。

一途《いちず》な佐和紀の愛し方だ。

『んっ……ん。やだっ……』

『いやじゃないだろう。相変わらず、一人でするのは好きじゃないんだな。もう、こんなに濡《ぬ》れてる。イキそうだろ』

『……んなっ、強く……だめ、だっ……』

『ゴムつけといてやろうか』

『んっ……』

二人の会話が途切れ、かすかな物音が続く。

新しい着物を買うことになった『汚れ』の原因もセックスだ。佐和紀は言葉を濁したが、どちらかの精液がついたことは安易に想像できる。同じ理由ですでに何枚かの襦袢《じゅばん》がダメになっていたからだ。

懲りない岩下は、わざとやっているのだろう。そうでもしないと、貧乏性の佐和紀は新しい着物を誂《あつら》えたがらない。

『おまえも……つけんの？』

『中で出されたいか』

『……冗談じゃねぇ、よ……』

ぷいっと顔を背けた仕草が想像できる。

『ほら、こっち向けよ。脚、こっち。首は痛くないか？　挿《い》れるぞ』

『んっ……あ、あっ……』

佐和紀の声が色っぽく途切れ、息を詰めたのがわかった。ゆるやかに吐き出される息遣いまではマイクが拾いきらない。

でも、想像は簡単だ。

佐和紀は知らないことだが、一時期、大滝組屋敷の母屋は寝泊まりと夜間の立ち入りが禁止になった。それもこれも、二人のセックスが覗き見できるとの噂《うわさ》がまことしやかに流れたからだ。

しかも噂は半分が真実だった。二人へのお咎《とが》めがなかったのは、新婚だからと建前を並べた組長自身にも興味があったからだろう。佐和紀が誰の所有物なのかを見せつける行為には、男同士のセックスに対する嫌悪感を凌駕《りょうが》するものがあり、佐和紀の息遣いや感じ入る声の生々しさには、岡村もかなりの衝撃を受けた。

でも佐和紀の表情は見たことがない。当たり前のことだ。岩下にとっては、自分が相手を手中に収めたことだけ知れ渡ればよかったのだ。あとは、新妻をからかいたいだけのいたずら心に過ぎない。だから、興味本位で潜り込んだ構成員が二人を目撃したという話も聞かなかった。噂の出どころは、若頭の離れで寝起きする部屋住みたちだ。

『佐和紀。いやらしいな』

独特の甘いささやきで岩下が笑い、佐和紀は声を乱した。

『……あっ、……くっ』

『車で抱かれるのが、好きか？　……いつもより狭い』

『ばっか……。んっ、ん……あっ、あぁっ』

何か言い返そうとした声が奪われ、佐和紀が喘《あえ》ぐ。

盗み聞きしている岡村は時計を確かめた。時間が過ぎるのは早い。ここから一息にフィニッシュまで行って、数分を後戯のいちゃつきに残すつもりだろうと、岩下の目論見《もくろみ》を計算する。

イヤホンの奥から、佐和紀の甲高い悲鳴が聞こえた。くぐもった呻《うめ》きになり、抑えた喘ぎに移り変わる。

全身で欲しがる声を聞かされ、岡村は深く息を吐き出した。

盗聴しているのがバレたら佐和紀には殺されるだろう。わかっていてやめられないのは、かつて聞いた屋敷の片隅での戯れよりも、佐和紀の声が数段に色っぽく煽情《せんじょう》的になっているからだ。嫌がるだけじゃない反応は岩下を求め、ときに驚くほど直接的な表現をする。

『いいっ……気持ち、いい……っ。周平っ、周平……』

どんな顔をして揺すり上げられているのか。自分の経験を掘り起こして想像してみれば、腰から首の付け根まで痺《しび》れが走る。

靴の踵《かかと》で壁を蹴《け》りながら、岡村はうつむいた。二人の息遣いが荒くなり、視界の隅に置かれた車も揺れる。

『あっ、イクっ……やだ。中で……っイク……ッ』

予想外に強く感じているのか、佐和紀の声が戸惑うようにうわずった。

『んっ、んん〜〜ッ』

絶頂を貪《むさぼ》る最後の声に、岡村はうつむいた。

夫婦の荒い息遣いが重なり合い、自分が単なるデバガメだと思い知らされる瞬間だ。

それでも、事後のけだるげな佐和紀を抱き寄せるのが自分であるような妄想をして、次の瞬間には自分ではなく岩下だと思い直す。現実と願望の交錯に、わずかだけ息が上がった。

胃の奥が煮えて苦しくなっても、何食わぬ顔で携帯電話を取り出す。耳のイヤホンをはずしながら時間貸しスペースで待機している車に連絡を入れた。

芽生えた興奮は何度かの深呼吸でやり過ごす。収まらなかったところで、佐和紀にさえ気づかれなければそれでいい。

不意打ちで股間《こかん》を摑んでくる岩下に知られても、想像しましたとストレートに返すだけだ。からかうように笑われ頰をペチペチ叩《たた》かれるが、二人の情事を妄想して勃起《ぼっき》したことを責められたりはしない。

自分を夢中にさせる嫁が他の男を巻き込むことぐらい岩下の想定内だ。惚れるのは自由だと言う反面、横恋慕の代償はすでに払わされている。

岡村が後処理を任された愛人は女だけじゃない。男相手にセックスをするとき、おのずと妄想してしまうことを見越しているのだ。後で自己嫌悪に苦しむ岡村の性分も、岩下は知っている。

さらりと悪趣味なところは、結婚しても変わらない。

やがてセダンのドアが開き、ジャケットを抱えた周平が佐和紀を残して降りてくる。助手席へ回ってカバンを取ってから視線を向けられ、岡村は向かい側の駐車場から出た。構成員が運転している車はまだ来ない。

カバンをボンネットの上に置いた周平からジャケットを受け取り、岡村は背後へ回った。袖を通す手伝いをすると、

「どこにも寄らずに送ってくれ」

岩下が言った。肩越しに意味ありげな視線が向けられ、了解の返答をした岡村は思わず腰を引いてしまう。見透かされて笑われる。

そこへ車が近づき、運転手の構成員が降りてきた。次の移動先は岡村が伝える。支倉はすでに現地入りして待っているはずだ。

別れ際、岩下の拳《こぶし》がとんっと岡村の胸を突いた。

「そのまま運転して事故るなよ？　俺の大事な嫁だからな」

その裏には内ポケットがある。盗聴用のイヤホンがバレたかと思ったが、岩下はそれ以上何も言わなかった。

黙って乗り込んだ後部座席のドアを静かに閉める。

頭を下げて見送り、岡村はセダンの運転席に近づいた。乗り込んで、サンシェードをはずす。すべての窓を全開にして空気を入れ替えた。

「身体は辛《つら》くないですか」

ルームミラーは初めから、後部座席が見えない位置にセットしてある。運転席の真後ろで身をひそめる佐和紀から声が返らないことは問題のない証拠だ。

ついさっきまでセックスに及んでいた場所に他人がいることよりも、そこから消えた岩下の名残だけを佐和紀は追い求めている。二人だけの時間をじゅうぶんに持てない寂しさは、身体を繋《つな》ぐことだけで満たされるわけじゃない。その上、色事師同然の手管を持つ岩下に快楽を教えられているのだ。

心と身体のどちらが満たされたがっているかの区別は難しいだろう。

そのどちらが欠けても愛情じゃないと思っている佐和紀は、見た目のたおやかさから想像できないほどタフだ。欲情を持て余す岩下の呼び出しに応《こた》えても、相手が身体だけを目当てにしているなどと言ったことがない。

それが確固たる信頼感に基づいていると思うとき、岡村の胸の奥はずしりと重くなる。

「屋敷へ直行します」

声をかけて、岡村はサイドブレーキを下ろした。

岩下に指摘された下半身は、車の中に残る佐和紀の熱を感じ取って収まりきらない。いっそバレてしまった方が、そして嫌われた方が、何もかもにあきらめがつくのに。

そう思いながら、ゆっくりと車を動かした。

2

汗で濡れた髪を一振りした佐和紀が背筋を伸ばした。

これは夢だと、岡村は薄ぼんやり感じる。

『こおろぎ組の狂犬』の異名を持つ男は、殴り合いを止めようとした岡村の頬を、迷いもなく平手打ちにする。

岡村の背後では、ケンカを売られたチンピラ数人が呻きながら倒れ込んでいて酷いありさまだ。

「余計に興奮してきた。なぁ、シン。もうホント、浮気しようか」

怒りに任せて暴れ回った佐和紀は、ぎらぎらとした目で言う。預かった羽織を摑んだ岡村は、乱れてゆるんだ和服の衿元《えりもと》に息を呑《の》んだ。

路地裏の淀《よど》んだ空気が二人の間を空々しくさせるより早く、佐和紀が動いた。熱い指に首の後ろを引き寄せられ、見つめ合ったまま顔が近づく。

繊細に整った顔の造作よりも、熱っぽく潤んだ瞳《ひとみ》の奥に目が奪われる。

「俺のために死ねよ、シン」

まっすぐに言われて、まばたきも忘れる。

周平へあてつけたいだけの浅知恵に加担したら、命が危ないのは自分の方だ。それなのに、心は思わず動いた。

靴の裏から脳天までを一直線に突き抜けた電流で身体が痺れる。

羽織を取り落とした岡村は、汚れた土の上を一歩進んだ。そこが天地のない闇《やみ》だと知っていても、怯《ひる》む気持ちは微塵《みじん》もなかった。

「佐和紀さん」

転落する前に頬に触れる。その手を、佐和紀が握り返してくれる。


「佐和紀さん……」

自分の声で目が覚め、岡村は味気ない天井を見上げた。

夢だ。夢だった。あのとき、佐和紀の頬に触れる余裕はなかったし、手を握られてもいない。すべては願望による妄想だ。

カーテンの隙間から細く伸びた朝日を追いかけ、枕元《まくらもと》に置いてある携帯電話を引き寄せる。充電のコードを抜きながら、まず時間を確かめた。アラームを仕掛けた時間よりも三十分早い。

それから天気予報を確認して、スケジュールのアプリを開く。一目でそれとはわからないように予定はすべて暗号で入れてある。今日の予定を確認してから画面を消して、重だるい身体をシーツから引き剝がすように起こした。

シャワーも浴びずに寝たせいで、整髪料をつけたままの髪が不快だ。搔《か》き乱しながら、低いベッドの足元を手で探った。スポーツ飲料のペットボトルを摑む。

十五畳のワンルームが岡村の自宅だ。大滝組の事務所まで二駅で、マンションの正面には交番がある。防犯のために都合がよく、警察官と挨拶《あいさつ》も交わすが、暴力団構成員だと気づかれていないことは対応を見てもあきらかだ。

部屋の中には、ベッドとテレビとテーブルセット。向かい合って置かれた二つの椅子《いす》の背には、クリーニング待ちの服とクリーニング済みの服がそれぞれ積み重なっていた。

出し損ねたごみの袋が並ぶ部屋の壁から目をそらし、ペッドボトルを手にして部屋を横切る。お世辞にもきれいとは言えない。それどころか、女を連れ込むこともできないほどのごみ溜《た》めだ。

二年前はこうじゃなかったと思い出し、自虐的な笑みを浮かべながらユニットバスへ入る。

岩下に寝取られ続けた結果、岡村は付き合う女を一人に絞らないと決めた。複数いた女が途切れたことはなく、その頃は部屋も居心地よく管理されていたのだ。

シャツもタオルも靴下も、床に落としておけば洗濯されて片付いていた。たまに女同士が鉢合わせになって揉めていることもあったが、岡村が帰れば必ずぴたりと止《や》んだ。

休息を取るために帰っているのだから、騒がしくすれば別れると初めから宣言していた。

最後の女と別れたのはいつだったかと、記憶をたどりながらシャワーのカランをひねる。

おとなしく慎ましやかで腰の細い女だった。声が優しくて、歌が上手くて、眠りながら聞くのが好きだったのに、もう名前さえ思い出せない。

次の女ができるまででいいから身の回りの世話だけでもさせてくれと泣かれ、かなり手酷いやり方で別れた。

岩下の舎弟仲間である田辺《たなべ》に散々笑われたが、たとえどれほど都合がよくても、自分の人生に女をぶら下げていたくない気分だったのだ。

要は、知り合ったばかりの佐和紀に、女を都合よく使っていると知られたくなかった。少しでもいい人間だと思われたいだなんて、自分でも笑える。

髪と身体を洗って、タオル掛けにかかっているバスタオルを手に取る。数日前も使った気がしたが、そのあたりはもう考えないことにしてバスルームを出た。

パッケージに入ったままの下着を、シャツや紙ゴミの中から拾い上げる。濡れた髪から、ぽたぽたと水滴が落ちていく。

「そろそろ、呼ぶか」

女を部屋に入れない代わりに、自分より若い構成員に掃除を頼んでいるのだ。

「いや、自分で……」

部屋の惨状をあらためて眺め、ため息をつく。

クリーニング済みの服を片付け、タオル類を洗濯乾燥して、せめて床が見えるように掃除をしてからだ。行動範囲の広がった佐和紀が、どこでどんな噂を耳にするかわからない。だらしなく思われるのは避けたかった。

そんなことを考えながら上げた視線の先に、きちんとハンガーにかけられたスーツとシャツ、そしてネクタイが見えた。三組並んでいるスーツは岩下が選んだもので、シャツとネクタイは佐和紀の見立てだ。

荒れた部屋の中では借り物のように見え、それが今の自分の現状なのだと実感する。

本当はまだ量産品の方が着ていて気が楽だし、しっくりくる。

でも、やっぱり佐和紀の評価が気になって、褒められたいばかりに新しいスーツを選んで袖を通す。生地から用意してオーダーメイドのスーツを作ってくれた岩下には悪いが、その瞬間はいつも佐和紀のことしか考えていない。

佐和紀の選んだシャツをよく見せたいがために、仕立てのいいジャケットを着ているようなものだ。

「とかいって、わかってんだろうな」

岩下は察しがいい。岡村は先月も佐和紀を誘って夏の一揃えを買いに行ったのだ。ついつい見栄を張って、高い布地を選んでしまったのは、佐和紀が好んだからだ。『似合うんじゃないの?』という軽い一言に、あれほどの威力があるなんて初めて知った。

まだ学生だった頃、恋人に服を褒められて嬉《うれ》しくなったりしたが、佐和紀の言葉とは比べものにならない。

夢に出てきた佐和紀を思い出し、岡村は髪を拭《ふ》きながら息をつく。あれは二年前の佐和紀だった。

首を引き寄せられ、自分のために死ねと言われたのは現実だ。

でも、あのときの岡村は何も答えられなかった。

願望の表れに頬を歪めながら、もう一度息をつく。

佐和紀は変わった。でも、根本的には何も変わらない。あの人はいつだってあの人のままだ。

旦那へのあてつけのために命をかけて浮気に付き合えと脅してきたことと同じように、岩下を裏切って情報の窓口になれと迫られた。岡村の恋慕の足元を見たやり方でだ。男の欲を敏感に察知して、躊躇《ちゅうちょ》なくつけ込むのが佐和紀の戦い方だ。

そのことは夢にも見ない。

キスもさせてもらえず、苦渋の決断を受け入れるしかない男の首を、夢で見るのと変わらない仕草で佐和紀はぐいっと引き寄せた。有無を言わせぬ強引さに、岡村の心はがんじがらめに囚《とら》われたのだ。淡い横恋慕が確かな欲望に変わった瞬間だったかもしれない。

察したように岡村の助手席に乗らなくなり、下心を警戒して距離感の線引きを決めたのかと思ったが、しばらくすると真逆になった。逢引の後でない限り、当然の顔をして助手席に乗る。一度は揺らいだ信頼関係がもう一度結び直されたような錯覚にさらされ、岡村はひどく動揺した。でも、今は当たり前のことだと受け止めている。

岩下を介して出会った二人だ。彼を介在させない関係を作れるなら地獄の一丁目に立っていてもいい。そんな気分だ。

岡村はテーブルの上の箱を手にした。紺の紙ケースをずらして、両切りのタバコを取り出す。

口にくわえて火をつけ、吸わずに灰皿に置いた。

フィルタータバコなら銘柄にこだわらない佐和紀が、唯一、銘柄を指定するのは両切りの『ショートピース』だ。

岡村はあらためて、自分のタバコに火をつけた。部屋に二つのタバコの匂いが混在する。佐和紀の匂いと自分の匂い。交わらない気持ちそのままの交錯に目を細めて、岡村は静かにうつむいた。

せっかくの空き時間を部屋の掃除に費やした岡村は、クリーニングに出す衣服だけを使い走りに頼んだ。昼過ぎに家を出る。

老舗《しにせ》ホテルのレストランの席に着くなり、グラスワインを頼んだ田辺が眉をひそめた。

「おまえ、またオーダーしただろ。給料、いくらもらってんだよ。それだって、俺の金だろ」

「アニキの金だ。バカか」

投資詐欺で個人的にシノいでいる田辺は、大滝組への上納金を岩下に払っている。一方、カバン持ちと秘書役が主な仕事の岡村は、いまだに給金をもらっている身だ。

ちょっとした小遣い稼ぎをすることはあるが、三井や石垣《いしがき》も、基本的には現金払いの小遣い制になっている。会社形態を取っていないから、岩下のポケットマネーだ。

「おまえ、組からももらってんだろ」

田辺が不満げに言った。

「文句言うなら、おまえも事務所に詰めろよ。エクセルとワードの指導でもしてれば、いくらかは出してもらえるだろ」

「……それが、ヤクザの仕事かよ」

「この世界、ピンキリだろ」

岡村はそう答えて、手元の水を飲んだ。

そんなことは田辺だって百も承知だろう。ヤクザの中でも岩下はトップクラスの稼ぎだ。かなり金回りがいい。

上が無能だと下についた人間がタダ働きになることも珍しくない世界だ。金が欲しくてヤクザになったのに、食うだけで精一杯になり、派手な儲《もう》け話でしくじって警察の世話になる下っ端も多い。そうなると、上の人間も幹部から突き上げられて、にっちもさっちもいかなくなるわけだ。

他人に娘を売らせる前に、自分の娘に手がかかるということもある。そういう話を事前に聞きつけ、岩下はこれまでも、かなりうまく渡り歩いてきた。

金と女で恩を売るというのは、何もその二つで相手を喜ばせるばかりじゃない。札束で頬を叩くより、札束で涙を拭いてやる方が何倍も効果的なこともある。

金を稼ぐのも頭の使い方次第なら、ばら撒《ま》き方にもセンスが必要だと、何かのときに岩下が口にして、田辺と二人で「痺れた」と大騒ぎした。まるで昨日のことのようだ。

岩下はあっという間に偉くなり、舎弟たちが戸惑っている間に役付きにまで駆け上がっていった。岩下の経歴と若さでの若頭補佐就任は、直系本家からの推薦枠でも異例のことだ。

互いの選んだランチメニューがテーブルに並び、商談の振りをした食事が始まる。話す内容はもちろん商談なんてかわいい話じゃない。さりげなく固有名詞を伏せての情報交換だ。

お互いに自分とは直接関係のない部分の内情を探り合い、結果をそれとなくリークし合っている。同期といってもいい田辺との関係には理屈なしの信用がある。友情と呼ぶほど湿ってはいないが、ライバルというほどギスギスもしていない。

「あの店、おまえが運営管理に入るんだろう？　やっとか、って、みんな言ってるよ」

「みんなって誰？」

食後のコーヒーを飲みながら、岡村は窓の外へ目を向けた。緑あざやかな街路樹が並ぶ道に夏の日差しが弾《はじ》けている。

「みんなはみんなだ。うっせぇよ」

ハイソサイティを気取ったランチを取りながら、悪態だけはチンピラなままだ。岩下を真似《まね》て、小言めいたことでも言ってやろうとした岡村は、小さく息を吸い込んだ。狙《ねら》いすましたタイミングで鳴り出した携帯電話を内ポケットから取り出す。

「三井だ」

悪いなと付け足して、通話ボタンを押す。

今日は佐和紀の世話係をしているはずだから、内容は両極端なものしか考えられない。最悪なのは、佐和紀が誰かとケンカしてケガをした連絡。最良なのは……。

「はい」

電話の向こうが三井じゃないことも警戒して出ると、いつもと変わらぬ陽気な声が名乗った。三井の声のトーンで、要件の内容も安心できるものだと察しがつく。

三井に急な仕事が入り、石垣も抜けられないので、岡村の都合はどうかと聞かれる。これが最良のパターンだ。

「三十分ほどで戻れるから、もう出かけてもかまわないよ。姐《あね》さんにもそう伝えてくれ」

即答した岡村の真向かいで、田辺がニヤニヤ笑う。睨《にら》みつけながら通話を切ると、これ見よがしに肩をすくめられる。見た目だけならハイセンスな男だ。仕草も様になる。

「そんなに嬉しそうな顔するなよ。一緒にメシ食ってる俺が寂しくなるだろ？」

「バカ言え」

そっけなくあしらって、腕の時計に目を向ける。数年前の誕生日に岩下からもらった高級時計だ。

「おまえさー。ちょっと考えた方がいいとか、思わない？」

車一台の値段がする腕時計をちらっと見た田辺が息をつく。

「俺なんかよりよっぽど目をかけてもらってるくせにさ」

続かない言葉は、声に出されなくてもわかっている。

「期待なんかされてないよ。それは、おまえの方が」

「いやいや、冗談やめようぜ」

田辺がわずかに身を乗り出してくる。

「舎弟の中じゃ、おまえがズバ抜けてる。俺だって知ってんだよ」

「それ、今する話か」

「酒飲んでても、同じこと言うだろ。おまえは。なんつーかな。もったいないっていうか、なんていうか」

岩下に惚れ込んだ田辺は、伊達《だて》男になるためのノウハウをそっくり真似して、見事にそれらしい男振りになった。いつまでもうだつの上がらない岡村とは雲泥の差だ。

シノギだってしっかりやっているし、将来有望といえば田辺の方だろう。

「俺はいつだって全力だけど？」

岡村が答えると、田辺は眉をひそめた。

「そういう嫌なところだけ、あの人そっくりだな」

「おまえみたいに器用にはいかない」

「俺は器用貧乏ってやつだ」

「でも、役に立ったこともあるよな」

「……おい」

田辺が声をひそめた。触れて欲しくない話題だと知っていて、わざとちらつかせる。

「男も嗜《たしな》んでおいて損はなかったんだもんな」

「黙っとけ。そういう関係じゃない」

と言うわりに、ぎりぎりと引き絞られる眉間《みけん》のシワは深い。

「俺のことを言えた立場じゃないだろ」

携帯電話をポケットへ片付けながら言うと、

「アニキの嫁に手を出すほど、色ボケてない」

間髪入れずに嫌味が返ってくる。岡村は田辺へからかいの笑みを向けた。

「嫁になる前はどうだったんだよ。怪しいもんだよな。画像を保管するほど見た目が好みだったんだろ？　それで済む田辺さんとは思えないんですけどねぇ」

「女装はバツグンでも、正体は『狂犬』だっつーの。タマつぶされるぐらいなら眺めている方がマシだ」

「で。欲情がよそを向いたって？」

「欲情がそっくりそのまんま、本人に向いてるおまえに言われたくねぇぞ」

ケンカ腰の田辺と睨み合いになった。

本気じゃないと田辺は言うが、情報提供者である男との関係は十中八九『恋人』だ。

岩下に横槍を入れられたくなくて隠しているのが、付き合いの長い岡村には見え見えで、ノロケたがっている本音も見え隠れしている。

「おまえが病院送りになったって、鉢植え持って見舞いに行くけど。でもなー……」

シャレたスーツ姿の田辺は、眼鏡を指先で押し上げる。岩下の猿真似だった頃と比べれば、ささやかな仕草も見違えるほど板についている。本当の兄弟がいればこんな気持ちになるのだろうかと思う。

聞き流している気配に気づいた田辺は、憂いのあるまなざしでため息を転がした。

「あいつの本当の恐《こわ》さは俺も知ってる。自滅する前に、冷静になれよ」

「なんだよ、それ」

息を吐き出すように笑い飛ばすと、田辺からぎりっと睨まれる。

「ハマるなって、言ってんだよ。……死んで欲しくねぇんだよ」

冗談で返そうとした岡村はタイミングを逃した。

怒ったような表情でコーヒーを飲んだ田辺は、窓の外を睨む。

その視線を追いかけ、行き交う人を眺めながら、岡村もコーヒーカップに手を伸ばす。

見ないようにしている足元をズバリと指摘されても驚きはしない。けれど、友人《ツレ》が見せた滅多にないストレートさには動揺する。

自分の立っている場所が崖《がけ》の先端だと知っていながら、足を踏み出そうとしている岡村の心の中を田辺は見透かしているのだ。

恋のあやうさを知っているからこその助言なのかと、岡村は問題の論点をすり替える。

田辺に対しては何も答えない。そのまま席を立った。

レストランから移動して、きっちり三十分。

大滝組直系本家の敷地内にある離れへ庭から入ると、佐和紀は縁側で詰将棋の真っ最中だった。

白い和服に青い帯を締め、水を張った金だらいに片足を突っ込んでいる。引き締まった脚も露《あら》わな裾《すそ》の乱れが危なっかしいのは、七月の日差しが眩《まぶ》しいせいだ。

佐和紀の本当の恐さに引っかかれば自滅する。そう忠告してきた田辺の真剣なまなざしを一瞬だけ思い出したが、深く考えずに意識から遠ざけた。

片手で団扇《うちわ》を使いながら、佐和紀は駒を打つ。着物の袖から伸びた手首が華奢《きゃしゃ》に見えるのは錯覚だ。太くはないが、細くもない。佐和紀はどこもかもがそんなふうだ。

細腰に見える身体はよく鍛えられていて、顔立ちが繊細なのに、性格は豪胆。気が短い反面、人の心の傷には聡《さと》い。

静かに歩み寄ると、駒を置いた姿勢で振り向いた。

「おぅ。来たか」

佐和紀が白い歯を見せてニカリと笑う。

「お待たせしました。出かけるご用事でもおありですか」

直立の姿勢で答えた岡村は、シャリ感のある夏着物の白さが眩しくて目を細める。

「いや、なんか、退屈だっただけ……。無理させた？」

「大丈夫です。問題があれば断りますから。食事は済みましたか」

「食った。裏の冷麵《れいめん》。あれ、うまいよな」

大滝組の裏手にある中華料理店が、夏限定で出しているメニューだ。

「一局、相手してもらえますか」

将棋盤に目を向けると、佐和紀は小首を傾げた。柔らかな髪がさらりと流れる。ところどころ隠れたハイライトのカラーリングは、春先の海外旅行のために入れた名残だ。普段は表の髪に紛れているが、髪が揺れて光が当たるとよくわかる。

「なんか、賭《か》けようぜ」

あご先で促された岡村は、向かい側に座りながら答えた。

「何がいいですか」

「んー。車の運転。俺が買ったら、おまえの車を使わせてよ」

「免許、ないじゃないですか」

「どっか、山の中ならいいだろ」

「余計に危ないですけど……」

「いいじゃん、いいじゃん。で、おまえはどうする？　周平のフェラーリにでも乗るか」

「こわいこと言わないでください」

「俺に乗るよりか、いいだろ」

何気ない軽口で、二人の間に沈黙が走る。

「黙るな」

佐和紀に睨まれ、岡村は肩をすくめた。

「すみません」

「そこはさー、そうですねって流すところだろ？　黙んなよ。こえーから」

そう思うなら、きわどいことを言わなければいいのに、岡村の気持ちを知っている佐和紀はときどき恐ろしく鈍感だ。

「じゃあ、飲みに付き合ってください」

「そんなの、賭けにならねぇだろ。いつでも行くっつーの」

「そうなんですか」

「おまえ、真面目に考えてる？」

イラつきを見せながら、佐和紀が駒を並べ出す。

「上着もさっさと脱げよ。見てる方が、暑苦しい。革靴も脱げば？　水に足入れる？」

「いえ、それは」

「遠慮するなって。片足だけでも入れてると気持ちいいんだって」

「こっちに寄せると、佐和紀さんの足が入らないですから」

ジャケットを脱ぎながら、慌てて佐和紀を止める。

「じゃあ、麦茶は持ってきてやる」

「自分でやります」

「駒並べながら、勝ったらやりたいことでも考えてろ」

威圧的な目で立ち上がった佐和紀は大股《おおまた》で座敷へ入っていく。姿が消えたと思ったら、顔だけをひょこりと出した。

「ネクタイもはずせ。うっとうしいから」

口は悪いが、命令でもなければ衣服をゆるめない岡村の性分をよく知っている。去り際に見せた睨みは、眉根を寄せただけのいたずらな表情で、岡村の胸の奥を締めつけた。

やりたいことなんてひとつしかないと、駒を手にして考える。

周平に呼び出され、車の中で繰り広げられる痴態を自分の手で再現したいだけだ。甘い喘ぎを抑え込んで、たっぷりと楽しみたい。

周平に仕込まれた女たちを満足させてきた自分なら、周平と同じように感じさせてやれるとさえ思う。

不安は微塵もなく、自意識過剰だと自嘲《じちょう》もしない。

佐和紀を相手にするのだ。自信がなければ妄想だっておぼつかない。

「おまえ、エロいこと考えてるだろ」

二人分のグラスを摑んで戻ってきた佐和紀が肩を落とす。岡村は二つのグラスを受け取って、使用済みのグラスが置いてある盆の上に乗せた。

「大事な車を貸すんですから、頰にキスぐらいはいいと思うんですけど」

「……それは、あの車に失礼だろ」

岡村が大事にしている国産の高級セダンには、一千万円以上の金がかかっている。

「そうですか」

しらっと答えた。車と引き換えにキスしてもいいなら、手放す覚悟ぐらいあるからだ。

あの田辺が真剣な顔で釘を刺してくるわけだなと、岡村は今になって妙に納得する。

こっそりと横恋慕しているだけなら、まだかわいい。妄想が妄想で収まらなくなっているのは危険だ。でも、同時に、笑えてしまうのだから、たぶん、きっと、すでに末期が近い。

「まぁ、俺が勝つからいいけどね」

「え？」

「おまえが勝ったら、俺からチューしてやるよ」

しどけなく立てた膝に片腕を投げ出し、佐和紀はわざとらしくくちびるを突き出して笑った。いたずらを愉《たの》しむ子どもの目を向けられ、打つ前から負けたと岡村は悟る。

こんなに動揺した状態で、まともな将棋が打てるはずもない。

根っからのケンカ好きである佐和紀は、周平以外に負けるのを良しとしない。相手が組長レベルでない限り、どんな手を使っても勝とうとする男だ。精神的な揺さぶりぐらい朝飯前にやりこなす。

「真剣にやれよ?」

団扇の風を送ってくる佐和紀に言われ、岡村はこれ見よがしに肩を上下させた。

「いつだって真剣です」

勝てるものなら勝ちたい。心からそう思う。でも、佐和紀の将棋の腕はかなりのものだ。対局が始まり、岡村は気持ちを入れ直そうと試みる。勝負ごとに対する佐和紀は厳しい。手を抜くのはもちろん、いい加減なことをすればすぐに見破られる。

考え抜いた一手を打つたびに、佐和紀のくちびるに笑みが乗るのを盗み見た岡村は、やっぱり将棋にも負けた。

勝ったと喜ぶ佐和紀を車の助手席に乗せ、要望通りに田舎道まで連れ出す。

無免許運転をさせるのは、これが初めてじゃない。一通りの運転を教えたことは周平にも秘密だ。

着物のままスニーカーに履き替えた佐和紀を運転席に座らせ、岡村は助手席に座った。川沿いの農道から見通しの良い山道へ入り、曲がりくねった峠道の手前で引き返した。

「なー。シン。こっそり教習所行ったら、免許ぐらい取れるんじゃねぇ？」

「取れるでしょうね」

運転を代わり、岡村は苦笑いしながら眉をひそめた。

「なんだよ。その顔」

「佐和紀さん、街中は無理だと思いますよ」

「車線変更ぐらいできる」

「どうかな」

座席を後ろに下げて、ミラーを合わせた。

気の短い佐和紀のことだ。混雑した道路では、他の車と小競り合いになりかねない。

「じゃあ、街中は運転しない」

「アニキと相談してください。教習所への送り迎えはしますから」

「だからさ。あいつが、うんって言わないんだって」

佐和紀はくちびるを尖《とが》らせる。

「このまま、夕食を食べに行きますか」

「行く。回転寿司がいい」

「カウンターじゃなくてですか」

「ぐるぐる回ってるやつ」

「どうせ、直接頼むんですから……」

「ガヤガヤしたところで食いたいんだよ……ッ」

運転免許を取らせてくれない周平への苛立《いらだ》ちを思い出したのだろう。助手席の佐和紀が鋭い声を出す。

「わかりました」

触らぬ佐和紀になんとやらだ。三井ほどすぐに殴られはしないが、機嫌を損ねていいことはない。

郊外にある高級な部類の回転寿司店に入り、少し早めの夕食を取った後、まだ飲みたいと言う佐和紀と市内へ戻った。車を自宅マンションの駐車場まで戻し、通りでタクシーを捕まえる。

選んだのは、一人でしか行かないことにしているレストランバーだ。

平日でも客の多い店内は賑《にぎ》やかだ。テーブル席が五つとバーテンの立っているカウンター席の他に、ガラス窓に向かったカウンターもある。

午後九時まではテンポのいいオールデイズがかかり、その後からはモダンジャズが流れる。今はまだ、オールデイズの時間だ。

壁際のテーブル席に座った佐和紀は一杯目の生ビールを飲み干し、立て続けに三杯空けた後でオリジナルメニューのカクテルを選んだ。

隣の席で合コンをしている社会人のグループの様子がよほど楽しいらしく、途中からは盗み見るでもなく、椅子に横向きになって眺め出す。かと思うと、いきなり、端に座っている女の子の腕を引いた。

「今トイレに行った男は、やめとけよ。緑のシャツのやつが、あんたに気があるし、性格良さそうだ」

いきなり話しかけられて驚いた女の子は、佐和紀の綺麗《きれい》な顔に気づいてさらに目を丸くする。そんなことに頓着しない奔放な佐和紀は、テーブルに着いているメンバーに声をかけて、自分の思う相手の隣に女の子を座らせて戻ってきた。

「佐和紀さん……」

「あの男、商店街のまんじゅう屋で働いてるヤツだろ。トイレ行ったのはさ、この前、タカシと回った店で女の子に絡んでたヤツだ。なに？」

「記憶力、いいんですね」

「まんじゅう屋は愛想が良かったからだよ。店の方はさ、問題のあるヤツは他でもやらかすから、顔を覚えてとけって。タカシが」

日がな一日奥さま業をしているだけでは暇だからと、三井や石垣と一緒に系列の店の見回りを許されているのは知っていたが、仕事もレクチャーされているとは初耳だ。

「タカシの舎弟になったんですか」

「なるかよ」

テーブルに出ている岡村のタバコを引き寄せた佐和紀が、一本取り出して口にくわえる。

ライターを差し出すと、小さな炎越しに目が合う。

「見んなよ」

そう言って目を伏せた頬に、まつげの影が差す。

ライターの火が揺れ、佐和紀のタバコが燻《いぶ》される。

「綺麗ですね」

岡村の一言で、細く煙を吐いた佐和紀が視線を上げた。ライターの火をふっと吹き消して、しどけなくタバコを吸う。

怒ったような、あきれたような視線がそらされると、岡村は焦りを覚えた。帰ると言われたら、この時間が終わりになる。

「すみません」

「謝るんだ？」

足ごと通路に向け、壁に背を預けた佐和紀は、自分が取り持った二人を眺める。

「……すみません」

岡村は、無意味な一言を繰り返した。涼しい横顔をした佐和紀は振り向かず、ぼんやりとタバコを吸い続ける。

すっかり酔っているのだろう。

「おまえも、あぁいうの、してた？」

ふいに振り返り、灰皿の上でタバコを叩く。

「学生の頃は」

「周平もやってたんだろうなぁ。あいつ、どんな感じだったかな」

「今とは違うでしょうね」

「おまえも、な。若い頃の写真、見せてよ」

「持ってませんよ」

「マジで？　周平じゃなくて、おまえのだよ？」

「実家にはあると思いますけど」

「そんなもんか。実家って、今、母親だけだよな？　親父《おやじ》さん、どうしてる」

「ふらっと来ては金をせびって消えるらしいです」

「……死んで欲しいって顔してるな」

狭くはないテーブル越しに指が伸びてきて、額を、とんっと指先で押される。岡村は手で額を覆い隠した。

古い道徳感をたいせつにしている佐和紀だ。実の親を憎々しく思っていることに関しては、考えすぎるなと言われてきた。

「よく、ないですね」

佐和紀ならそう思うだろうとくちびるを引き結ぶ。佐和紀はふいに柔らかな笑みを浮かべ、グラスの中の氷を指先で突きながら言った。

「おまえが殺《や》らなきゃ、なんでもいい。おふくろさんの気持ちを考えれば、そう思ったってしかたないしな」

「あんな亭主でも、捨てきれないんですよ」

「おまえ、許してんの？」

「こっちだって、もう、そんなことをとやかく言う年齢《とし》じゃないですよ。こんな仕事してますし」

「言えた義理じゃないかー」

ことさら明るく笑い飛ばし、グラスの中身を飲み干した佐和紀がメニューを手に取る。

「飲むんですか」

「飲むよ」

即答されて、酔いますよと言いたいのを飲み込む。佐和紀はもう酔っている。だから、言いたいのは、そんなことじゃない。

酔いつぶれたら、後は知りませんよと言いたかった。

だけど言えなくて、岡村は自分のグラスの中身を飲み干す。

「あの……すみません」

テーブルの脇《わき》に人の気配がして顔をあげると、佐和紀がまんじゅう屋だと言った気弱そうな男が立っていた。

「まんじゅう屋、だろ？」

佐和紀が指先を向けると、相手はこくりとうなずいた。

「はい……。お客さんですか」

「ときどきね。あんたんとこの田舎饅頭《まんじゅう》うまいよな。あんこが」

「そうですか」

男の顔がパッと明るくなる。

「じいさんと二人で作ってるって聞いたけど」

「そうなんです。父はサラリーマンなんですけど、俺は後を継ごうと思って」

「それがいいよ。うまいんだから」

「……さっき、ありがとうございました」

「ん？　あぁ、連絡先、聞けた？」

「はい。二人で会う約束もできました」

「あー、いいね。頑張ったじゃん」

　威勢よく男の二の腕を叩いた佐和紀が破顔する。

「いい子だといいな」

「それは、大丈夫なんです。もう何回か一緒に飲んでるので。だから、なおさらきっかけがなくて。ありがとうございました」

　もう一度頭を下げた男は、そのまま席に戻る。

　くるりと振り向いた佐和紀は、機嫌のいい笑顔を見せた。

「いいよな、若いって」

「数年しか変わりませんよ」

「それが大きな違いなんだろうが」

　顔をくしゃりとさせて手を上げる。店員を呼び、自分と岡村のカクテルを注文したついでに、隣のテーブルへ一杯ずつ奢《おご》ると声をかけた。

　いつにもまして上機嫌な佐和紀を見るのが嬉しい岡村は黙って見守る。全員の注文が終わり、一通りの礼を聞いた佐和紀がテーブルへ向き直るのを待った。

「ここは俺が払います」

　岡村が言うと、佐和紀は首を左右に振る。

「俺が払う。おまえはさっき、払っただろう」

「いえ、俺が誘ったので」

「もう一軒って言ったのは、俺だ」

「払います」

「自分で払うから、奢ったんだよ。おまえが払ったら意味ないだろ。……割り勘にする？」

「そんな格好の悪いことしません。払わせてください」

「すごい飲んでんだけど。クラブで飲むことを思えば安いですから。遠慮せず、まだまだどうぞ」

「関係ないです。先に言えよ」

「……飲むけど、さー……」

佐和紀はノンキだ。酔った佐和紀を眺め回す岡村を気にもしない。子どもっぽく片頬を膨らませる。

「俺は、佐和紀さんが楽しかったら、いいんです」

「……あっそ」

たっぷりの間を取った佐和紀はため息をつく。わざとらしくあきれている仕草を笑いながら、岡村は背筋を意識して伸ばした。

「タモツにも言われてるんでしょう」

「おまえら二人は、頭がおかしい。……向こうの席に移動しよう。空くのを待ってたんだ」

佐和紀が示したのはガラス窓に向かって作られたカウンター席だ。通りの車の流れが見下ろせる。

邪魔をした謝りを隣の席に入れ、グラスだけを持って移動する。まだ帰るつもりはないのか、佐和紀はあらためてツマミを頼んだ。

十時を過ぎてしばらくすると、合コンのグループも帰り、店の中はがらんとし始める。岡村が訪れるのは、だいたい、この時間からだ。

店内に流れるモダンジャズに合わせてカウンターを叩く佐和紀が、唐突に左手をかざした。エンゲージの大きなダイヤがきらりと光る。

「免許、欲しい……」

行動と会話が一致していなかった。

ぐったりとカウンターに身を預け、大きなあくびをしてから横に座る岡村を覗き込んでくる。

「どうやったら、ＯＫ出ると思う」

「普通に頼めばいいじゃないですか」

「それがダメだから、聞いてんだろ」

バチンと背中を叩かれ、岡村は痛みで顔をしかめた。

岩下が恐れていることは、ただひとつ。今は徒歩かタクシーしか手段のない家出に車が加われば、心配の度合いがとんでもなくなるからだ。

それを、佐和紀は理解していない。

「おまえ、スポーツカーも買えよ……」

背中に当たったたままの手が肩に移動してきて、ろれつの怪しくなってきた佐和紀がもたれかかってくる。

「運転したいんですか」

「マニュアルがいい」

「……本気ですか」

「だって、かっこいいだろ」

そう答えた頭の中に、誰が浮かんでいるのかは聞かなくてもわかった。岩下の運転するフェラーリのコンバーチブルはマニュアルトランスミッションだ。自分でクラッチを踏み、シフトを変える。

「おまえ、マニュアルも運転できる？」

肩を摑んだ佐和紀が、カウンターへ倒れ込むようになり、岡村は慌ててグラスを移動させた。眼鏡をはずし、頬杖《ほおづえ》をついて見上げてくる佐和紀の目は、酔いと眠気でとろりとしている。

揺れるまなざしの中に色気を感じてしまい、目が離せなくなった。

「できます、けど」

明日にでもディーラーへ行ってしまいそうな気がする。

「俺に、教えて」

ささやくように言われて、

「……何をですか」

我を忘れて、喉を鳴らす。何を話していたのかを失念したのは、岡村だけじゃなかった。

黙ったまま見つめ合い、時間が過ぎる。

「だから……、乗り方、だろ？」

途切れた会話を繋ぎ直した佐和紀が生あくびを噛み殺した。

閉じそうになる目が、しぱしぱとまたたく。

店内の客は数人しかいない。テーブル席にカップルが一組、バーテンのいるカウンターに二組。それぞれが今夜の行きつく先を決めかねているから、男同士でクダを巻いている二人を気にする余裕はない。

そうじゃなくても、佐和紀の目が閉じたらキスをしそうだと夢見心地に考える。

「乗り方……」

口の中で繰り返し、頬杖をつくのも億劫になっている佐和紀へと手を伸ばした。ぐらぐら揺れる頭に手を添えた。

「……眠い」

佐和紀が手にもたれかかる。

「寝ますか」

「ん。だいじょうぶ」

一瞬だけ閉じた目が開く。頭から手を離し、そのまま肩へ回す。酔った身体を支えながら、少し強引に佐和紀を引き寄せた。

ここからなら屋敷よりも自分のマンションの方が近い。そう言いかけて口ごもる。

「周平……、帰ってくるかな」

何気ない一言に、岡村の心臓が跳ねた。

岩下の名前が出て、罪悪感よりも先にどす黒い嫉妬《しっと》が渦を巻く。認めたくない感情はやり過ごそうとすればするほど膨らんだ。

「車、どんなのがいいんですか」

佐和紀のつぶやきは無視して、話を戻す。

「怒られるよ……？」

自分で言い出したくせに、酔っぱらった佐和紀は意地が悪い。

「そんなこと、言わなければわからない」

「あーぁ」

からかうように見つめられ、他意のないところがどうしようもなく性悪な佐和紀を見つめ返す。

どうあっても、好きだ。

「あなたの願いなら、叶《かな》えます」

「おまえ、お利口だなぁー」

犬にするようにうなじを撫でられる。

「二人の秘密にしてください。……俺と、佐和紀さんの、二人だけの」

もっと撫でられたくて身を寄せる。額同士がぶつかる間際、肌と肌の間に手が差し込まれた。

「飲みすぎ」

若い声がする。岡村は振り向かなかったが、佐和紀が動く。

「あ。お迎え、来た」

「来ましたよ」

答えたのは石垣だ。一時間前にメールが来て、居場所を打ち返した頃の岡村にはまだ理性が残っていた。

こうなることを見越していた自分を恨みながら、静かに息を吐き出す。

「支払いをしてくる」

佐和紀を石垣に任せて、椅子を下りた。

「シンさん」

背中にかかる声にさりげない怒りが見え隠れしていて、岡村はわざと弱りきった顔で振り向いた。

「俺は逆方向だから、後は頼めるか?」

「こんなに飲ませて」

どうするつもりだったんだと続くはずの言葉は口に出されない。

「二人っきりになるのが恐いのか?」

「誰かと一緒にしないでくださいよ。俺はこんな手は使いません」

「何もしてないだろ」

「本当ですか」

キスぐらいしてそうだと言いたげな肩にぽんっと手を置く。

「その気なら、おまえに居場所を言ったりしない」

「そんな予防線張ったって、いつか、間違えますよ」

年下のくせに、石垣は遠慮がない。しかも、的を射ているから嫌になるのだ。精神年齢でいえば、おそらく岡村よりも上を行くだろう。三井といれば年相応の顔を見せるが、本来は淀んだ厭世《えんせい》観を引きずっている男だ。

「だから、俺も払うって言ってんだろ。じゃあ、タクシー代。タクシー代、やるから」

へべれけになった佐和紀が帯から取り出した札入れを取り落とす。それを石垣が拾い、フラフラしている佐和紀から突き出された金を、岡村はおとなしく受け取った。

3

ごく普通のふすま紙を使っている料亭の一室から続いた隣の部屋は、ちぎれた金紙が真っ赤な和紙に細かく散っていた。

青い畳の上に広げられた布団の敷布も赤く、蹴りよけられてひとまとめになった掛け布団も淫靡《いんび》な赤地だ。

横たわる白い肌に色が反射して、艶《なま》めかしい薄桃に染まって見える。息を弾ませた男が、敷布を鷲摑《わしづか》みにして背をそらす。長い髪が汗で貼《は》りついていた。

根元へ手を伸ばし、指に絡めて引くと、喘ぐ本人に代わって睨んでくる男が二人いる。まるで置物のように壁際に座っている双子は、中華街を根城にする星花《シンファ》の用心棒だ。名前は燕《イエン》と鶯《イン》。だが、岡村にはどちらがどちらとはわからない。二人は鏡で映したようにそっくりだった。それに、あえて知る必要もない。

主《あるじ》を溺愛《できあい》している二人に見せつけるように顔をあげさせ、ことさら深く腰を打ちつける。小さく悲鳴をあげた星花は身をよじらせて悶《もだ》えた。

金よりもセックスを欲しがる情報屋は、周平が飼っていた男で生来の淫乱《いんらん》だ。佐和紀との結婚と同時に、関係ごと管理を引き継がされた。

「あっ、あっ……」

うわずる声が、男にしておくにはもったいないほど色っぽく響く。後ろの穴もほどよい締めつけと温かさで、女とは違う快感があった。

「もっと、突いて……っ」

甘えるような声で言われ、うごめく腰を両手で摑んだ。ゆっくりした動きを止め、激しく穿《うが》った。引き寄せるのに合わせて腰を突き出す。

「あっ、あっ、あんっ！　んっ！」

向かい合う体位より後背位を選ぶのは、相手が男だからというよりも、顔を見ない方が行為に耽《ふけ》ることができるからだ。ほどよく引き締まった背格好は、岡村が妄想する佐和紀によく似ている。

髪の長さは違うが、そこで我に返る分だけ都合がいい。うっかり相手の名前を呼ばずに済む。

「あっ……、イクッ……イクッ」

繰り返す星花の声が、聞き覚えのある佐和紀の声に変換され、岡村はぶるっと大きく身を震わせた。欲情の昂《たか》ぶりが抑えきれなくなり、のしかかるように体重をかけて突いた。

敷布を摑んだ星花の身体が一瞬硬直した後で小刻みに揺れる。

中の快感で達したのだろう。甘く尾を引く嬌声《きょうせい》を聞きながら、岡村は身体を離した。

「あんたさ、……男は、俺だけだよな」

息を乱しながら言った星花が指を立てると、双子の一人がキセルにタバコを詰めた。受け取った星花はうつ伏せになったままで、キセルをくわえる。

去年までは星花の他に、デートクラブの売れっ子だったユウキもあてがわれたが、彼は秋頃に身受けされて決まった男もできた。だから、岡村が抱く男は星花だけだ。

「誰のことを想像してヤッてるのか、知ってるよ」

星花に言われ、下半身を濡れタオルで拭《ぬぐ》っていた岡村は忍び笑いを漏らした。食事処の振りをした連れ込み宿には浴室がない。

「ねぇ、シンさん」

「人をどっかの将軍みたいに呼ぶな」

「組では、そう呼ばれてるくせに」

「おまえに呼ばれると、一気に時代劇になるんだよ」

場所のせいもあるだろう。畳に敷かれた赤い布団は、既視感のある岡場所そのものだ。

「佐和紀さん」

名前を出されて、睨むでもなく視線を向けた。

「名前を呼んでもいいのに」

　ゆっくりと起き上がった星花が、身を寄せてくる。そうした媚《こ》びが、男のくせによく似合う。けだるいさまが派手な美貌《びぼう》を妖艶《ようえん》に見せ、独特の色気が男の欲情を焚《た》きつける。

「俺の中でイクとき、いっつも考えてるだろ？　動きが違うから、すぐにわかる。それが気持ちいいんだけどね」

「いいなら、文句ないだろう」

「あー、否定しないんだ……。もっと動揺してくれると思ってたのになぁ、残念。あんたのセックスに文句なんてあるわけないよ。初めの頃が嘘《うそ》みたいに、堂に入っちゃってさぁ……。恋をして変わるのは女だけじゃないんだな。すっかり色男になってさぁ。女もほっとかないだろう」

　指がいたずらに肌をなぞる。それだけで粟立《あわだ》つ触り方だ。

「でも、あの人の奥さんがいいんでしょ？　一度でいいから、って思わない？」

「何が言いたいんだよ」

　タバコを引き寄せて、自分で火をつける。

「協力しよう？　正体がバレないように抱きたいなら、そうしてやるよ。あの人、媚薬《びやく》は身体に合わないんだってね。でも、京都で仕込まれた薬はわかってる。あれは、都合がいいよ。記憶が飛ぶ」

「それで、俺はおまえと岩下をセッティングするのか」

「あんたでもじゅうぶんに気持ちいいんだけど……、やっぱり、ここがね？　違うんだ」

そう言って、星花は指先で岡村の胸をつついた。

「岡村さんだってそうだろう？　あの声で喘ぐ身体に入りたいって、思わないわけないよね。岩下さんが抱いてる身体だ。俺なんかよりもよっぽど敏感だと思うなぁ」

「岩下はそんなに甘くないぞ」

タバコをもう一口飲んで、灰皿へ押しつけた。星花のあごを摑んでくちびるをふさぎ、迎え出てくる舌先を柔らかく吸いあげる。

「んっ……」

「まだ、グズグズに濡れてるんだろう。岩下仕込みの腰つきで、もう一度鳴かせてやるよ」

押し倒しながら、キセルを取り上げて灰皿へかけた。

自分から開く足の間に身をねじ込む。

「余計な妄想をさせるなよ。ただでさえ……」

タガがふっとびそうなのに、とは言わない。本音を軽々しく口にしていい相手じゃない。

「あっ……あっ！」

まだ柔らかく開いている場所は、それほど硬くないものでも自分から貪欲《どんよく》に飲み込んでいく。肉に包まれしごかれた岡村は、条件反射で臨戦状態になる。

そうでなくても、佐和紀を引き合いに出されたのだ。行き場のない欲情が胸の奥でちりちりと燃え立つ。

「んっ……、ナマ、気持ちい……ッ」

ゴムをつけずに挿入された星花の瞳が、しっとりと潤む。

「ほんと、好きだな。おまえ」

「気持ちいいのが、嫌いな人間なんて……いる？　いないだろ。んっ……ぁ。あんたの好きな奥さんだって、気持ちいいのに慣れて他の男が欲しくなるよ」

「ふざけるな」

角度を変えてきつく突き上げると、星花がのけぞった。かすれ声で喘ぎ、汗で濡れた前髪を掻き上げる。

「怒るといやらしくなるの……、たまんないんだけど。もっと、怒ってよ……。あんたの腰がいやらしくなるから」

「言ってろ」

「んっ……、んっ。あっ、あぁっ……」

甘い息を漏らして身をよじる星花が、びくっびくっと腰を弾ませる。さっきまでの快感が燻《くすぶ》る身体は、いつも以上に感じやすい。

快感に耽っていく姿を見下ろした岡村は、ふいに顔をあげた。壁際で成り行きを見守っている双子を視線で呼び寄せる。

「んっ……」

一人から右の乳首を吸われ、星花の身体はまた大きく震えた。岡村を包んだ肉壁がなまめかしく狭まり、星花がもう一人とくちびるを合わせたことでぎゅっぎゅっと絞るような柔らかい収縮が始まる。

「あっ、いいっ……。気持ち、い……ッ」

くちびるを貪り合いながら、星花は双子の髪に指を潜らせる。相手の髪を鷲摑みにして快楽を味わい、

「あんたさぁ……」

岡村に向かって目を細めた。腰をよじらせて喘ぎながら話しかけてくる。

「惚れてんの？　それとも、やっと、あの人を越えたくなった？」

息を弾ませながら問われ、岡村は冷めた目で笑い返す。

答える必要のない質問だ。どれほど的を射ていても。

だから、足を抱き寄せ、息もつかせない動きで責め上げる。泣くまでよがらせてから、双子の一人に星花の性器をくわえさせたまま追い込んだ。

弓なりに背をそらせた星花の息が詰まり、悲鳴を引きつらせた身体はぐったりと布団の上に沈み込んでいく。

「労力の無駄使いさせるなよ。暇な身体じゃない」

かつて岩下が言った台詞《せりふ》だ。気づいた岡村は苦々しく口元を歪めた。

荒い息を取り戻し、まだ波打っている快感を追おうとする星花が双子へと取りすがる。淫乱な身体は、男なら誰でもいいと言いたげだ。

身体を拭くのも早々に、岡村は下着を身につけて立ち上がった。衣紋《えもん》掛けのある部屋の端で身支度を整えていると、双子の一人が近づいてきた。目元にうっすらと刃物傷がある。

「岩下さんには内密にお願いします」

星花の発言を漏らさないで欲しいと言う彼の背後では、星花に求められた片割れがセックスを始めている。

岡村はシャツのボタンを留め続けた。

「奥さんには近づけるなよ」

「心得てます」

岩下が佐和紀と結婚して二年。前々から岩下に惚れ込んでいた星花が佐和紀に接触しなかったのは、その結果がどうなるかをよく知っているからだと思ってきた。でも、行動に出なかったからこそ燻るものを抱えているとしたら厄介だ。

「まだ、何かあるのか」

ネクタイを手渡され、岡村は軽く視線を向けた。彫りの深い顔立ちの男は、暗い表情で口を開く。

「岩下さんからの指示ですか……」

「は？　あぁ、あれか」

　グズグズになるほど追い詰める抱き方をしたのが気に食わないのだ。

「だから最後はおまえらに任せてるだろう。俺が抱こうが、岩下にこだわっていようが、全部ひっくるめておまえらからの快感だと教え込めばいいんだよ。手加減するなよ？　二人がかりだ。失神するまで相手してやれ」

　新しい快感に溺《おぼ》れた星花の愛情が、岩下から岡村へ移るのではないかと双子なりに案じているのだ。男を肉棒としか認識してこなかった星花が、セックスの相手も心のある人間だと初めて認識した相手が岩下だった。岡村はその男に似ているだけだ。愛撫《あいぶ》の手順がそっくりの肉棒でしかない。

　岡村は笑いながら男の肩を叩いた。取り越し苦労の、ありえない妄想だ。恋はいつだって人を浮足立たせる。

「もし、動きがあったら連絡をくれ。おまえらにとっても悪いようにはしない」

　スーツのジャケットに袖を通した岡村は、振り向かずにその部屋を後にした。

＊＊＊

「シンさん、調べもの？」

ソファーの隣に膝をついた三井が、酒を片手に携帯電話の画面を覗き込んでくる。

キャバクラのＶＩＰルームだ。女の子がトイレに立って暇になったのだろう。無遠慮な顔を押し返すと、頬を膨らませて隣に腰かけた。

「見たっていいじゃん」

「プライバシーの侵害だ」

「冷たい……。冷たい」

酔っぱらっている三井がくちびるを尖らせる。

「かわいくないから、やめろ」

「嘘ッ！　かわいいだろ。ほら、ほら。アヒル口だぉ！」

ふざけて突き出すくちびるを、岡村はおもむろにぎゅっと摑んだ。痛みに顔を振った三井の長い髪がバサバサと音を立てて揺れる。

「痛ぇッ！　もー、なんだよ。もぉーッ！」

「こっちの台詞だ」

笑いながら顔を向けると、くちびるを手でこすった三井が不満げな目を細めた。

「なー、タモッちゃん！　シンさんが姐さんのエロい写真見てるぞ！」

向かい側に座っている石垣が、キャバ嬢の肩に手を回したまま眉をひそめる。

岩下が夕方からオフになり、世話係の三人で飲みに来た。組の管理下にある店を選んだのは、『金を落とすならみかじめ料を取っている店に』という岩下の教えを守ってのことだ。

「違うよ」

じっとりと睨んでくる石垣に笑顔を向けながら、岡村は携帯電話の画面を見せた。

「なんで俺はダメでタモッちゃんはいいの？」

足の間に手をついて背を丸めた三井がぶつくさ言う。

「あー、『大和《やまと》』ですか」

画面に表示されているのは、第二次世界大戦時に建造された戦艦大和の詳細が書かれたウェブページだ。

夏になってから、佐和紀が仮想戦記物を読み始め、話題を振られることが増えた。石垣も同じなのだろう。合点がいった顔でうなずいた。

「この前も、ビデオ見て泣いてましたよ。山本五十六《やまもといそろく》の映画」

「その話も聞かされた」

「そうなんですか。シンさん、アニキに付いている方が多いのに、けっこう、姐さんと話してません？」

「おまえらほど付いてないだけで、顔は合わせてる」

「見に行ってんでしょう？　わざわざ」

最後を強い語気で言った石垣は、ついっと目をそらした。キャバ嬢の耳元にくちびるを寄せ、いちゃつくそぶりを見せる。

「っていうかさー」

二人を交互に見た三井が、グラスを両手で持った。

「タカシ」

「そこは別に、張り合うとこじゃ、なくない？」

呼びかけながら、岡村は片手をあごの下にくぐらせて振り向かせた。そのまま頰を片手で摑むと、さっきよりも不細工なアヒル口になる。

「シンひゃん……」

「酔ってんの？　ちょっと、黙ろうな？」

「ひゃい……」

「シンさん、スーツのランク上げてから、ますますアニキに似てきたよな」

石垣が声を投げてくる。席をはずすようにとキャバ嬢に言い、ＶＩＰルームが三人だけになってから続けた。

「デートクラブの方、継ぐんですか。わりと噂になってますよ」

「知らないよ。決めるのは、アニキだ」

「またまたぁ……。決めるったって、押しつけてくる人じゃないでしょう」

確かに、決断は委《ゆだ》ねられていた。

三井も含め、佐和紀の世話係を命じられた三人は、他の舎弟とは扱いが異なっている。三井は岩下班では珍しい低学歴が理由だが、岡村と石垣はそれぞれ別の事情があった。

簡単にいえば、組織に繋ぐつもりがないのだ。

準構成員候補の大学生を囲い込む手伝いをしている石垣は、わりと早い段階から資格取得や英会話の勉強を指示されていた。岩下がヤクザを辞めた後の本業を補佐するためであり、留学の予定も示唆されていたのだ。

そしてついに石垣は留学の決心を固めた。近いうちに盃を返し、カタギに戻って渡米することになっている。

一方、岡村はすべてが保留の身だ。石垣も三井も、それを知らない。だから、岩下のシノギの中で一番大きな割合を占めるデートクラブの後継者に任命されると思い込んでいるのだ。

それこそが、岩下の巧妙な手口だろう。成長を待っているだけだと周りに思い込ませているが、その意味合いが真実とはまったく違っている。

支倉が眉をひそめるほど長くカバン持ちでいたのも、周りは知らない『保留』が理由だった。

父親がヤクザだったばかりに就職活動をめちゃくちゃにされ、行き場を失った岡村を拾ったとき、岩下は『自分の道を見つけるまで』という期限をつけた。そうでもしないと、父親と同じ道に入ることなど選べるはずもなかったのだ。

初めのうちは体《てい》のいい言い訳だと思ったが、岩下が本気だということはすぐに知れた。女や男とのセックスを強要され、軽犯罪にも手を染めたが、シノギに直接関《かか》わったことはない。組の若手構成員の懲罰のときも、憎まれ役は三井がこなし、岡村はいつも治療費を握らせる役だった。

贔屓《ひいき》といわれれば、贔屓だ。でも、岩下は交わした約束を違《たが》えない。三井も、石垣も、田辺だって、きっと何かひとつは約束を交わしているはずだ。

他の舎弟もそうだろう。だから岩下を信じられるし、心酔する。

「あれを継いだら、若頭補佐候補に入れるって言われてるもんなぁ」

沈黙を嫌った三井が膝を抱えて続けた。

「俺だったら断る……」

岩下が就いた『若頭補佐』の役職は、数人いる『若頭補佐』のうちの一人で、今までは年功序列で指名されてきた『大滝組直系本家』の特別推薦枠だ。直系本家から若頭が選出される際に任命され、文字通りの補佐役を務める。要は雑用と渉外の係で、負担は他の若頭補佐の比じゃない。次の若頭に一番近いと言われているのは『若頭補佐筆頭』の方だから、旨味《うまみ》があるとすれば入ってくる金があることだが、『大滝組の金庫』と言われている岩下にとっては微々たる金だ。

世間的には、次の組長に現・若頭の岡崎が就き、岩下が若頭補佐筆頭に上がると見られているが、一時期は岡崎の対抗馬に推そうとする一派が存在していた。いくら『やりません』と口で言っても通用しないので、揉めごとになる前に蹴散らそうと画策した茶番劇が佐和紀との結婚だ。

おかげで反岡崎の動きは散り散りになった。

「シンさん。やらないんですか。若頭補佐。今じゃなくても、この先」

石垣がニヤニヤ笑い、岡村は三井の手から空になったグラスを抜いた。新しく水割りを作ってやる。答えないでいると、石垣は上半身を前のめりに傾けた。

「佐和紀さんが、若頭になったら考えます？」

「え？　そんな話、出てんの！」

三井が喚《わめ》いたが、岡村は落ち着いて肩をすくめた。あるわけがない話だ。序列が狂いすぎるし、佐和紀には周りを納得させるほどの実力も格もない。

「佐和紀さんが大滝組長と盃を交わせば、推薦の補佐職はあると思うんですよね。その後、上がるってことがないとは言えないじゃないですか」

「妄想だな」

岡村は笑いながら言った。

「俺は可能性に賭けてますよ」

答えた石垣の口調は不思議なほど自信に満ちている。岡村は三井にグラスを戻し、石垣へと手のひらを向けた。

「おまえの分も作ってやる」

「ありがとうございます。……シンさん。本当のところ、知ってるんでしょう」

「何がだよ」

「アニキが、あの人をどうしようとしているか」

「極道でいさせるつもりなのは確かだろうな。でも、役職なんてのは難しい」

「本当にそう思います？　京子さんの入れ込みようは、弟嫁がかわいいってだけじゃないと思うんですよ。岡崎さんが組長になるのに、アニキは抜ける。だとしたら、岡崎さんの脇を固める補佐役はシンさんか……」

もしくは、京子に目をかけられている佐和紀だと、石垣は言いたいのだろう。

「いやー、無理じゃね？」

三井が眉をひそめてソファーに沈み込む。

「佐和紀ができることなんて、鉄砲玉か弾除《たまよ》けか。そんなとこだろ。それに、デートクラブを継いだシンさんが補佐になったら、立場が逆転するし」

岩下が組を抜けたら、佐和紀は古巣のこおろぎ組に戻ることになるだろう。そうなれば、大滝組にいる岡村たちの方が立場は強くなる。

どっちにしても、世話係がずっと続くわけじゃないのだ。

「こおろぎ組は盛り返しますよ」

石垣が言う。

「だって、アニキの経済力がバックについてますから。それはデートクラブを大滝組に残しても変わらない」

「待って！　それって、俺たちも身の振り方考えなきゃいけないってことじゃねぇの」

声をあげる三井を、石垣は冷たく見据えた。

「おまえは、岡崎さんの下に行くだけだ」

「タモッちゃんは？」

「俺は、やめるもん。ヤクザなんて」

「え？　なんで？」

「……留学するんだよ」

岡村は静かに答えた。

「聞いてない！」

「言ってない」

石垣はあっけらかんと笑う。

「なんで、言ってくれないんだよ。なんで、こんな、なんでもないときに言うんだよ！　もっと、あるだろ！　なんか、こう……。ごめんな、みたいな！」

「あるかよ。バカか」

「ひでぇ！　シンさん！　なんとか言ってよ！　ってか、俺にもちゃんと教えといてよ！」

「石垣がいないとさびしいのか？」

笑ってからかうと、三井は顔をくしゃくしゃにしてグラスを置いた。

「さびしいに決まってんだろ！　嫌だ！　絶対ダメ！」

「……おまえが決めることじゃないだろ」

苦笑した石垣に冷たく突き放される。

「嫌だ、嫌だ！　行ったら、嫌だって！　どこ行くんだよ！　大阪？　福岡？」

「なんで、そんなところなんだよ。アメリカ。ユナイテッド・ステイツ・オブ・アメリカ」

「はぁっ？　危ないからやめた方がいい！　向こうはすぐに撃ってくるし、イカれたヤク中ばっかだし。タモッちゃんなんか、すぐに犯される！　やめた方がいい、絶対！」

「バカだろ」

「バカだな」

岡村も同意する。動揺するにしても、取り乱し方が異常だ。

「もう決まったことだ。あきらめろ」

「シンさん！　あんた、平気なのかよ。なんだかんだ言ったって、タモッちゃんはいいトコ育ちのボンボンなのに！」

「ヤクザやってきたんだから、問題ない」

「ヤクザとマフィアを一緒にすんなよ！　タモッちゃんが、ジャパニーズチェリーボーイとか言って、ケツ掘られてオークションに出されたら……！」

「それぐらいにしとけよ」

石垣が声をひそめ、酔いに任せて盛り上がっていた三井の表情が固まった。

「日本での思い出に、おまえのデビュー戦を『あいつ』に頼んでやろうか。後生大事に守ってるバックバージン、血まみれにすんぞ」

こんなとき引き合いに出されるのは、デートクラブでお仕置き要員として飼われているサイコパスの男だ。

「でも、行って欲しくねぇもん……」

だんだん小さくなる声で言った三井の頭を、立ち上がった石垣が平手で叩く。

「うっとうしい！」

「うっせぇ！　嫌なもんは嫌だっつーの！　うっせぇ！」

三井も床を蹴って立ち上がる。睨み合った二人が額をぶつけ合い、がちっと鈍い音が鳴った。

「日本にいて！」

「嫌だっ！」

「タモツ！　裏切り者！」

「てめぇぐらい、いくらでも裏切ってやる！　俺の邪魔するな！」

胸倉を摑んだ石垣が、激情のままに拳を振るい、三井がソファーへ倒れ込む。

岡村は被害が大きくならないように、テーブルを引っ張って避《よ》けた。そのまま隅っこのソファーに退避する。

取っ組み合いを始めた二人は、互いの髪を引っ張り、頰を張り合い、上になっては下になって蹴りを入れ合う。

「青春かよ。若すぎるだろ」

三井に作ってやった濃い目の水割りを飲みながら、岡村はソファーの背に腕を伸ばした。

暴れまくってますます酔いの回った三井に泣き喚きながらしがみつかれ、息を切らして両手両足を投げだした石垣を横目に、岡村は電話をかけた。相手は三井の女だ。

回収に来てもらえるように頼んで到着を待ち、店の黒服にも手伝わせて石垣から三井を引き剝がした。そのまま女に付き添わせ、タクシーに押し込んだ。

悪態をつき続けた三井は、最後まで泣きじゃくっていて、タクシーを見送った石垣もさすがに呆然《ぼうぜん》とする。

「愛されてるな」

「……正直、意外すぎ……」

ふっと漏らした息遣いに寂しさの影が差し、岡村は自分の家で飲み直そうと誘った。泣ける男はいい。明日にはケロリとしているだろう。

でも、一見ドライに見える石垣はそれほど簡単じゃない。

「泣かれるなら、佐和紀さんの方がいい」

「おまえ、酔ってるだろ」

笑いながら促すと、石垣は並んで歩き出す。

「……シンさん。この前みたいなこと、やめてください」

「なんだっけ」

「しらばっくれてもダメですよ。佐和紀さんを酔いつぶそうとしてたでしょう」

「してない。気づいたら、飲みすぎてたんだ」

「あんたはうっかりする人じゃない」

前を向いたまま、石垣はくちびるを引き結んだ。

騒がしい酔っぱらいの集団が二人の脇を通り過ぎる。繁華街はネオンに溢れ、真昼のように明るい。

「俺がいなくなったら、誰を迎えに呼ぶつもりですか」

「それは、タカシ……」

「呼ばないつもりじゃないんですか」

言葉を遮って、石垣が振り向いた。

「アニキみたいなスーツ着て、アニキみたいな言動を取って。それでなびく人じゃない」

あまりにストレートすぎて、岡村は呆気《あっけ》にとられた。後頭部を思いきり殴られた気になる。

「怒ってくださいよ」

「俺とも殴り合うつもりか？　やらないよ、そんなことは」

「違うって言ってください。そんなこと、考えてないって」

足を止めた石垣からまっすぐに見つめられる。ヤクザになったくせに、染まりきれなかった男を見返す。金髪にしているのも、派手なシャツも、チェーンのネックレスも単なるコスプレだ。

石垣はいつも見せかけだけのヤクザだった。肝が据わっていても元からの性根に過ぎず、チンピラが後生大事に背負っている虚勢が微塵もない。

「違う。真似をしたいわけじゃない」

岡村の言葉に、石垣が大きく息をつく。だけど、言葉で安心できるわけじゃないだろう。わかっていて、岡村は続けた。

「あの人が、こっちの方が俺に似合うって言うからだ。おまえからは真似に見えても、あの人はそんなふうに思わない」

「……シンさん」

「俺が、手を出すと思ってんのか」

「出さないって言い切れるんですか。今は、俺とあんたで、どっちがあの人の懐に入れるかって、そんな遊びで済んでる。でも、俺は消えます。……俺が戻るまで、シンさんには消えないでいて欲しいんです」

「勝手に、死亡フラグ立ててるなよ」

「立ててるのは、あんたなんだって！　シンさんが死んだら、泣くのは佐和紀さんなんですよ。正直に言って、俺はそれが嫌です」

「俺がうらやましくて？」

話を混ぜ返すと、石垣の眉根がギリリと寄る。

「アニキも何を考えてるのか……。さっさと引き継げばいいのに」

「そういう『約束』じゃないんだ」

「……どういうことですか」

「たぶん、おまえと一緒だ。自分探しの猶予だよ。俺もおまえも、ここでしか生きられないと勝手に思ってきただけだ。アニキはそうじゃないと思ってる。出会ったときからずっと。でも、俺たちがバカで近視だから、視野が広くなるまでそばにいろって、そんな気持ちなんだろう。たぶん、佐和紀さんにも同じことを考えてるだろうな。あの人の自分探しを見守ってるんだ」

「シンさん。アニキは、道を踏み外しても教えてくれないんですよ。自滅は自滅だ。拾ってくれるのは骨だけなんだよ……」

「知ってる。おまえより、知ってる」

「じゃあ」

「わかってるよ。俺がどうやったって、あの人は、俺を受け入れたりしない」

「わかってるなら、自制してください。それから、さっさと覚悟を決めて引き継ぎやってください」

「おまえが命令するのか」

「させてください。いいじゃないですか。しばらく、何も言えないんですから」

歩き出した岡村を追ってきた石垣が横に並ぶ。

「俺は、これから先もあの人といられるように、外へ出ます。今の楽しさにかまけて、これ以上未来を見失いたくない。だからこそ、あんたには内側にいて欲しい。アニキが岡崎さんを守ってきたように、佐和紀さんを守ってください」

「……」

すぐには答えられなかった。

偏差値の差だろうか。岩下と石垣の思考回路は、岡村が想像できないストレートさで答えを導き出す。

「タモツ。俺は、アニキとは違う」

「そういうの、乗り越えてください」

言うのは簡単だ。だけど、実践するのは難しい。

岡村はカバン持ちの自分を良しとしてきた。一歩下がって付き従い、ときどき行きすぎた行動を諌《いさ》め、腹いせに嫌がらせをされても平気だった。

心のどこかで、『この人に守られている』と思っていたからだ。それは厳しい現実からであり、父親の影からでもある。

岩下の傘の下から出る日が来ることはわかっていた。だけど、こんな気持ちになるとは思いもしなかった。それじゃあ、どうなるはずだったのかと問われても、答えはない。

深く考えずに来たのだ。おそらく、ずっと子どもでいられると思っていた。安いスーツを着ることで格下を装い、雑務をこなすことと引き換えに責任を人任せにした。そしてそれが、いつまでも続くことを期待したのだ。

悪いことじゃないだろう。誰だって楽に生きたいに決まっている。プレッシャーを受けず、言われたことだけをやりこなし、他人への身勝手な不満だけを撒き散らしていられたら楽だ。

「シンさん。佐和紀さんからの『期待』って、そのまんま、アニキが俺たちに向けてくれていた『期待』だと思うんです。だから俺は、佐和紀さんの期待にも応えるし、アニキが期待する以上の成果を目指します」

石垣の弾むような声が胸に突き刺さる。

頭が良すぎて目標を失った石垣と、親を恨んで道を見失った岡村では、そもそもが違っている。

同じヤクザ社会の中にいて、たまたま岡村の方が数年ばかり年長で、少しだけ早く岩下と出会った。それだけの優位でしかない。

岡村は答えることを避けて、タバコに火をつけた。

自分に付いている『箔《はく》』は岩下のものだ。彼の舎弟だから、大滝組構成員の中でも上位に立っていられる。つまりは、ただのハリボテだ。岩下の真似をして格好をつけてきたが、彼のようになりたいとか、彼を越えたいと思ったこともない。

だから、今さらに年下の石垣が眩しく見える。チンピラの格好をしていても、この男の中身は出会ったときのままだ。

向上心の行く先を決めかねているだけの、悪ぶった『いいトコのボンボン』。今の暮らしが、未来を見失っているだけだと言える強さがある。

この先を聞かれて口ごもるだけの岡村とは違う。

「ねぇ、シンさん。聞いてるんですか」

「聞いてる。けど、酔ってんだよ」

隣に並ぶ石垣が眉をひそめた。

「あんた、いつも肝心なとこで逃げる……」

「それが長所なんだ」

言い返して、岡村はタバコを吸った。吐き出した煙が拡散して、あたりは白くけぶった。

4

質問をしてきた構成員を立たせて、パソコンの前に座る。開いているのは表計算ソフトだ。複雑な計算式を打ち込み、続けて、デスクの上の本を繰《く》る。参考個所にふせんを貼って、自分よりも一回り以上年上の構成員を席へ戻した。

「ここを読んでおいてください。あと、ここの修正もお願いします」

「おいよッ」

気安い返事を聞きながら、隣のシマに移る。

「住所録の更新、済んでるか」

今度は若い構成員に声をかけた。

「すみません。あともうちょっとです」

「明日中に終わりそう？」

「行けると思います。今日中にやりましょうか」

「いや、明後日に印刷できればいいって話だから、無理はしなくていい。子ども、元気？」

「元気ッスよ。毎晩夜泣きで、笑えてくるんスよね」

自分が子どものような顔をして、へらへらっと笑う。男の額を指で弾いた岡村は、携帯電話が鳴ってますよと別の構成員に声をかけられて机を離れた。

大滝組の事務所のフロアはいたく健全だ。

構成員に職業訓練めいたことをさせ、今すぐにでも転職できるぐらいのパソコンスキルを叩き込んでいる。岩下の提案ということになっているが、風紀委員と揶揄される支倉の差し金だ。

もちろん、どうしようもないバカもいるが、それぞれの程度に合わせた仕事が振り分けられている。

今日に限って身体から離していた携帯電話を、コート掛けのハンガーにかけたスーツの上着から取り出すと、画面には非通知の表示が出ていた。

「はい」

警戒しながら回線を繋ぐと、向こうからは思いがけず佐和紀の声が聞こえた。

「どうしましたか」

ふいに鼓動が速くなり、岡村はジャケットを手に取って非常階段へ出た。タバコを持った先客の構成員が、会釈をしながらビルの中へ戻っていく。

その背中を見送った岡村は、電話の向こうの佐和紀から『すぐ来てくれ』と言われて驚いた。

「何かありましたか」

『あったから言ってんだよ。仕事、あるの？　なら、別をあたるけど』

トゲのある声で言われる。

「すぐに向かいます。屋敷ですか」

『そう。今、どこ？』

「事務所です」

『ムシャクシャしてるから。早く』

「わかりました」

即答して、携帯電話を切る。ジャケットに袖を通し、ビルの中へ戻った。若い構成員の一人に車を頼み、別の一人に仕事の指示を残す。

それから、外へ出た。一階に作られた駐車スペースで、車を出そうとしていた若い構成員を助手席へ追いやって運転席に座る。裏道を使うなら自分で運転する方が早い。

「岡村さん。岩下さんのデートクラブを管理するって噂、本当ですか」

屋敷が近づいてきたところで、構成員が口を開いた。ずっとそわそわしていると思ったのは、それを聞き出すタイミングを探っていたからだろう。

「どこから聞いたんだ」

「みんな、言ってますよ。遅いぐらいじゃないですか」

こんな若手まで言い出すのは、相当のことだ。みんなが知っているというのもあながち嘘じゃないだろう。

「管理に就いたって何も変わらないだろ」

「そんな……。昇進じゃないですか。事務所で書類指示出してるだけなんてもったいないですよ。自分は、岡村さんみたいになりたいんです！」

キラキラした目を向けられ、岡村は顔を正面へ戻した。路地を抜け、通りに出る。

「もし、手が必要になったら、声をかけてください」

意気揚々とした申し出に、苦笑いを浮かべてうなずいた。

噂を流したのは、支倉だろう。あの男らしい囲い込み方だ。

「とりあえず、今日はこの車を事務所へ戻してくれ」

「はい！　任せてください」

元気な声を背中に聞いて苦く笑ったのは、昔の自分を思い出したからだ。彼ほど屈託がなかったわけじゃない。

人生に対する呪詛《じゅそ》のような呻きを飲み込み、先の見えない暗闇を憎みながら大滝組の部屋住みになった。それでも不思議に毎日は繰り返され、気がつけばこうしてここにいる。

上質なスーツに革靴。年下からの羨望《せんぼう》と称賛。

初めて屋敷の門をくぐったときには、想像もしなかった自分だ。昼前の静かな母屋を抜け、岡村は短い息を吸い込む。

気鬱《きうつ》を隠して離れに入ると、佐和紀はリビングで待っていた。ピリピリした不機嫌さえ美しい男に睨まれ、岡村はわずかに動揺する。怒りでもかまわないから、自分のためだけの感情だったらいいのにと思う。

どうせ、不機嫌の原因は岩下だ。それ以外にはない。

出かけたいと言われ、母屋へ取って返して小回りの利く外車の鍵《かぎ》を選んだ。

「あいつ、しつこいんだよ」

車に乗ってからずっと黙り込んでいた佐和紀は、着物の裾が乱れるほどの早足で赤レンガ倉庫の脇を抜け、大桟橋の先端まで歩いてからようやく口を開いた。

不機嫌な顔はそのままで、夏の日差しが降りかかるのも苦にせず、まっすぐに前を向く。

「俺の言ってること、わからない振りする……」

くちびるを噛んで、さらに視線を鋭くした。眼鏡をかけた横顔に見惚《みと》れた岡村は、話を聞いている振りで黙る。

「しつこいのはセックスだ」

くるっと振り向かれ、あけすけな言葉に思わずたじろいだ。

透け感のある薄い青の絽《ろ》着物に、濃紺の羅の羽織。深いV字に着つけた半衿はコバルト

ブルーだ。鎖骨につけられた赤い痕《あと》が生々しい。眩しい日差しの下には不似合いな淫靡さを醸しながら、

「いい加減、面倒になると身体に走る癖がな……」

佐和紀はぎりぎりと歯を噛み合わせる。その上、忌々しげに顔をしかめた。

「ケンカ、したんですか」

「ならねぇから怒ってんだよ！　原因は、おま……」

「……俺ですか？」

「違う。なんでもないっ！」

怒鳴る佐和紀の声が響き、周りが何事かと振り向く。岡村は気にせずに佐和紀を見つめた。

岩下が嫉妬でもしたのかと考え、そんなはずはないと思い直す。

胸の奥がざわめいて、小さく息を継ぐ。それに気づいた佐和紀が振り向く。怒っていた表情がわずかに和らいだ。

岡村の身の振り方が問題になっているのだろう。

佐和紀のまなざしの中に心配するような気遣いを見つけ、岡村はたまらずにうつむいた。下っ端の構成員が知っているぐらいだ。佐和紀の耳にも当然、入っている。

「シン。俺さ、海と船が見たい」

佐和紀の言葉に顔をあげる。ここは海の真ん前だ。行き交う貨物船も見える。

なのに、佐和紀はそれが見たいと言う。

「どんな船ですか」

「潜水艦とか、軍艦とか……」

それなら、横須賀だ。佐和紀が生まれ育った町だ。

身体ごと海へ向き直った横顔に、岡村は拳を握りしめる。夏の日差しが白くて、頭の芯《しん》が痛くなる。

観光客のはしゃぐ声さえ遠くなり、

「じゃあ、呉に行きましょうか」

ささやくように口にした。

「展示されている本物の潜水艦が見学できます」

何を言っているのかと自分自身に驚いたが、頭を傾けるようにして振り向いた佐和紀は軽く笑った。

「いいよ。そこ、行こう」

「広島ですよ。新幹線で四時間はかかります」

「寝てれば着くだろう」

あっさりと言った佐和紀が、踵《きびす》を返して歩き出す。

岡村は眉をひそめたまま、裸足《はだし》に引っかけた雪駄《せった》を目で追った。乾いた音がかすかに聞こえる。

何を考えているのか問おうとして言葉を飲み込む。意味を求めているのは、自分だけだと思った。

佐和紀はただ、自分にとってわからずやな年上の男に憤っているだけだ。岡村に誘われてどこへ行こうと、気晴らし程度にしか思っていない。

でも、自分は違う。そう思う岡村の胸に、コトリと何かが落ちた。口にしてはいけない誘いだったと自覚している。でも、冗談だったと取り繕うことができない。

せめて一年前だったなら、それができた。

半年前なら、あるいは一ヶ月前。もしくは、昨日。この瞬間でなければ。

無言で振り向いた佐和紀に指先で呼ばれ、岡村はつんのめるようにして一歩を踏み出した。

佐和紀が間違いを犯すはずがないことはわかっている。

だけど、岡村は違う。うかつな佐和紀の弱さにさえつけ込める。後悔するとしても、後で考えればいい話だ。

「広島って、何がうまい？」

「辛いつけ麺か、お好み焼きか。あとは、もみじ饅頭ですね」

「あぁ、饅頭はいいな！　好き」

ようやく感情のやり場を見つけたと言いたげな佐和紀はにこりと笑う。

岡村も同じように笑った。隠すところなど何もない世話係の振りを装うのは簡単なことだった。


新横浜駅から博多行きの新幹線に乗り、約四時間半。広島駅に着いたときにはすでに四時を回っていた。

日差しは高くても夕方だ。改札を出てから気づいた佐和紀が目を見開く。

「俺のせいじゃありません」

「わかってたよな」

「車を借りましょうか。呉までは電車より早いみたいなので」

素知らぬ振りで答えた。

「何時の新幹線で帰るつもり？」

「二十時が最後です」

「八時か。まー、日も明るいしな」

まだ海も船も見られると考えたのだろう佐和紀の機嫌が単純に戻る。身内を疑わないのは美徳だが、警戒心ぐらいは持った方がいい。自分のことを棚に上げた岡村は、お門違いの心配をしながら駅の外にあるレンタカーの店舗へ入った。

携帯電話ですでに予約は入れてある。契約を交わし、鍵を受け取った。

店先で待っていた佐和紀は、一瞬だけもの言いたげな顔をしたが、口を閉ざしたままで助手席に乗り込む。赤い国産車のクーペはスポーツタイプだ。

ジャケットを脱いで狭い後部座席へ置き、運転席に座る。佐和紀がニヤニヤと笑いながら振り向いた。

「おまえってときどき、予想外におかしいな」

「これしかなかったんですよ」

「ほんとかよ」

ある意味、本当で、ある意味、嘘だった。

このレンタカー店舗でのスポーツカーの扱いが、この車種に限られていただけだ。

カーナビの設定をして、到着時間を確認する。

呉まで行っても、取って返すだけのタイムスケジュールだ。それでもとりあえず車を発進させる。

「陸にあげた潜水艦の中に入るにはタイムアウトなんですが、外からは見れます。見ますか」

高速道路に向かいながら聞くと、佐和紀が振り向く気配がする。いつものセダンとは違い、二人の距離が近い。

「おまえは、どこに向かってんの？　聞くってことは、別のところだよな」

「自衛隊の船が見れる公園があるので、そこへ向かいます」

「じゃあ、それでいいよ。なぁ、スポーツカーだったら、マニュアルにすればよかったのに」

「これしかなかったんです……」

「運転に自信ないんだろ？」

「違いますよ。……パドルシフトはついてるんですよ」

「え、マジ？　あぁ、これ？」

身体を乗り出した佐和紀が声を弾ませる。

「運転は代わりませんよ」

「高速道路ぐらいなら、運転できると思うけど」

期待感に満ちた声は無視して、スピードを上げる。広島駅から呉までは高速道路を使って三十分ほどで着く。目的の公園までは十分もかからない。

呉港に近づくにつれ、造船所の巨大なクレーンが見え隠れし始めた。

「おー、すっげ！　このあたりって、『大和』が造られたとこなんだよな。めちゃくちゃデカイんだろうな。想像できねぇし！」

紅白の横縞《よこじま》に塗られているクレーンを見た佐和紀のテンションが跳ね上がり、子どものような興奮はそのまま岡村にも伝染する。罪悪感が気休め程度にやわらぐ。

日暮れの中にも夏の気配を感じながらコンビニで車を停めた。

冷たい飲み物を買って海側へと車道を渡る。

公園といっても、緑地ではない。道路との境には垣根代わりの低木が植えられ、緑葉の枝を伸ばした街路樹もあるが、港に沿って横長に伸びた敷地内はコンクリートとレンガで整備されている遊歩道だ。

街路樹の向こうには、古いレンガ造りの建物が並び、ちょっとしたタイムスリップの感覚を味わえた。

乗り越え防止の鉄条網が上部に張り巡らされた門柱には、『海上自衛隊』と書かれた木の看板が埋め込まれ、その向こうに護衛艦が見える。

「軍港だな」

と、佐和紀が言った。

「米軍がセットじゃないと、こんなに近く見れるわけだ」

海へせり出すように作られた公園の一部分に立ち、大きく息を吸い込む。故郷の軍港と比べているのだろう。

匂いに違いがあるのかと問いかけて、岡村は質問を飲み込んだ。

「潜水艦は、『鉄のくじら』と言ったりするんですね」

斜め後ろに控え、静かに話しかける。つるんとしたフォルムを海から覗かせている潜水艦を眺めた。身体のほとんどは海中に沈んでいる。全体像の大きさを想像すると、ぞくりとするような興奮がある。

巨大な鉄の塊を見ると、男心がくすぐられるから不思議だ。

「あっちは護衛艦ですよね」

「あれは違う」

手にしたペットボトルのふたを開け、炭酸のジュースを喉へ流し込んだ佐和紀が答えた。

「下のところ、トンネルになってるだろ？　普通の護衛艦は、あんな形してない。あれは、音響を測定する艦なんだって。昔、友達が言ってた」

「横須賀の頃の友達ですか」

「ガキの頃のツレだよ。軍艦が好きでさ。自衛官になるって言ってたんだけどな」

そこで途切れた言葉の先は尋ねない。

「護衛艦を見て回るクルーズもあるみたいですよ」

「それも時間切れなんだろ？」

肩越しに振り向いた佐和紀は不機嫌な顔だ。

「はい」

と、素直に頭を下げた岡村の肩に、ペッドボトルの底が押しつけられた。

「もうちょっと、考えて誘えよ」

「……すみません」

こんなつもりじゃなかったのだ。ただ、佐和紀から軍港を見たいと言われ、『戦艦・大和』を調べているときに知った呉が頭をよぎってしまった。

そこに、二人でより遠くへ行きたい邪心がなかったかと言えば、もちろんあったに決まっている。周平や石垣たちから逃れ、佐和紀の関心を一身に集めたい願望は常日頃から胸の内に秘めていたものだ。

「シン」

日が傾き始めても、夏の日入りにはまだ早い。蟬《せみ》の声と日差しを受けながら、佐和紀が目を細めた。ふいっと前へ向き直る。

硬い声だけが、凜《りん》と響いた。

「宿、どこ」

「え？」

びくっと震えた身体を見られなくてよかったと思う一方で、冷汗がどっと吹き出してくる。

誘われるままに時間の計算さえもしない佐和紀は、のんびりしているのかと思えば、ひどく鋭い。

「おまえのことだ。どうせ、押さえてるんだろう。言ってみろよ」

「……お気に召せば、付き合ってくれるんですか」

喉が渇いて、声が上手く出せない。

「温泉？」

「佐和紀さん」

それ以上、何も聞かれたくなくて、話を遮った。答えることなんてできない。勢いで押さえた宿なんて、単なる妄想の産物だ。あとでこっそり、苦さを噛みしめながらキャンセル料を払うつもりだった。

岡村はそう思いながら、息を吐く。目眩《めまい》がしそうで、立っているのも危うくなる。

「広島へ戻って、食事をしましょう。新幹線に間に合うように」

「……大和ミュージアム。どうすんの？」

そう言って振り向いた佐和紀が、胸元からチラシを取り出す。ピラピラと振ってみせられた。

「四時間かけて来て、またの機会にしましょうって、それはないだろ」

「いや、それは……」

「潜水艦の中も見たい」

「佐和紀さん」

岡村はがっくりと肩を落とす。無邪気なわがままを口にする佐和紀には、自分を試すそぶりはない。だけど、その背後にチラチラと見え隠れしている男はそうじゃないだろう。

横恋慕を見逃している岩下は、自分の嫁を使ってでも忠誠心を試すつもりでいるのかもしれない。もしくは、もっと、岡村なんかでは想像もつかないことを考えているのか。どうせ、駒に過ぎないなら、しかたがない。

岡村はそう思い切る。都合のいい決断だ。これまで世話になったことも、すべてを忘れるつもりで膝に手を当てたまま背を伸ばした。

「世界遺産を見ましょう、佐和紀さん。明日、必ず、大和ミュージアムも潜水艦も付き合います」

逃げきれない。それが佐和紀からなのか、岩下の策略からなのか。判別はつかなかった。もうどちらでもいいと、波の音を聞きながら思うだけだった。


宿に入り、夕食を早く済ませ、ほろ酔いで外へ出た。

岡村が選んだのは、宮島《みやじま》の中にある温泉宿だ。本州側のフェリー乗り場に車を停め、海に浮かぶ大鳥居を眺めながら渡ってきた。

露天風呂《ろてんぶろ》付きの離れの部屋に入った瞬間、鼻で笑った佐和紀を見逃さなかったのは、自分でもベタすぎると思っていたからだ。

岩下の好みと似ていることを、これほど苦に感じたこともない。女なら絶対にうっとりする金のかけ方も、佐和紀には通用しないからだ。もっとこれ見よがしな豪胆さで、さらりと金を払う男と暮らしているのだ。

食事前の露天風呂を佐和紀に譲り、岡村は大浴場へ行った。ついでに残してきた仕事の都合もつけたが、居場所は言わなかった。ただ、三井にだけ、佐和紀と出かけるので遅くなるとメールを入れた。

帰ってこないとわかるのは、日が変わる前だろう。もしかしたら、変わった後かもしれない。

どちらにしても、ここまでは新幹線で四時間。車を使えば十時間近くかかる。深夜から早朝にかけてはフェリーも運行していないのだ。

誰も駆けつけられないのと同時に、佐和紀にも逃げ場はない。

そう思いながら背中を見たが、逃げようはあると思い直す。それが岡村の落ち着きを揺らがせた。

思わず浴衣《ゆかた》の袖を引きかけ、拳を握って距離を取る。

「周平がな……、おまえのことは、おまえが決めるって言うんだ。タモツのことにしたって、そんな感じだったろ。あれって、何？」

「何って……、どういうことですか」

「俺はさ、組長が右向けって言えば右向いて、カラスが白いって言われれば黒いのを白く塗ってくるもんだと思ってた。でも周平とおまえらは違うだろ」

「そういうわけじゃないですよ」

「だから、それってどうして」

ライトアップした朱塗りの大鳥居が見えるところまで来て、佐和紀が足を止めた。夏の夜だからか、周りにはちらほらと観光客がいて賑やかしい。

「そんなことでケンカしたんですか」

「おまえのこと、どうにかしてやれって言ったんだよ」

「どうにかって……」

佐和紀に対する横恋慕のことかと思ったが、それなら『どうにかしろ』になるだろう。おそらく、この先の進退の話だと、あたりをつけながら佐和紀を見た。

横顔が薄闇に浮かび上がり、絵に描いたように美しい。すっきりと伸びた首筋が、男のくせに甘く匂い立つように色っぽいのは、そこに凜々《りり》しい性格が見て取れるからだ。

「おまえさぁ、あいつの真似みたいなことするだろう」

「宿の選び方とか……」

「いや、そこじゃなくて」

笑った佐和紀が、振り向いた。顔の前で手を振る。

「確かに似てるけど、まぁ、いいんじゃね。そこは、さ。宿代は後で周平にツケときゃいいし」

「しませんよ、そんなこと」

「おまえは、あいつについていくの？　組に残るの？　……決めてないんだろ」

一息に言った佐和紀が、近づいてくる。

「それを決めるのは、おまえ自身だって、あいつが言うんだ。タモツが決めたのと同じだって。同じか？」

「……同じです。俺もタモツも、行き場がなくて拾われて、自分で選ぶまでという条件付きでした」

「おまえ、骨の髄までヤクザだろ。……父親のことが原因？」

笑った佐和紀のなんでもないような口ぶりはわざとだ。優しさが岡村の胸に沈む。

「この話のために、わざわざ広島くんだりまで付き合ったんですか」

「それを言うなら、宮島までだよ」

軽口を返され、下心に気づかれているのだとわかった。

込み入った事情に踏み込むつもりで、それなりの手段を取ろうと考えてついてきたのだ。優しい人だと思う。岩下のそれとは、まるで形が違うけれど、感じ取れる血の温かさは変わらない。

「アニキとそんな話をしたのは、支倉さんから持ちかけられてですか」

「当たり。ちぃが俺に『お願い』なんて珍しいだろう？　おまえに仕事を受けるように言えって話だったけど、周平からするのが普通だろ。それが俺に来るってどういうことなのかと思ってさ、周平に聞いたら揉めた。っていうか、あいつが逃げた。無責任だろ。自分の舎弟の話だ。お前がどの道に進むか、決めてやるのも兄貴分の責任だろ。なのに、あいつ……、なぁ……、ほんと、むかつく」

身体でごまかされたことを思い出したのだろう。ぷいっと顔を背けた佐和紀が海へと近づいていく。

「アニキは、俺たちのことを人間だと思ってます。だから、辛抱強く待ってくれるんです」

「おまえはお利口だな。お利口すぎるから、周平は迷うんだ」

佐和紀が、宿の下駄で土を蹴る。

「ヤクザの周平じゃなくて、俺の旦那の話だ。あいつが何を考えてるか、俺にはわかってる。俺の旦那は、おまえがイヤなんだよ」

「自分にちょっと似てると思うんだろう。そのくせ、あいつより人がいい。俺がころっといくってな、心のどこかで思ってんだよ」

「……」

「まさか、それはないです」

「どっちの『ない』？」

佐和紀の背中がスッと伸びる。

聞き返された岡村にもわからなくなった。岩下がそんなことを思うはずがないのか。それとも、佐和紀がころっといくことがないのか。

「『人がいい』なんて、『ない』です」

苦肉の策で答えると、佐和紀は肩を揺すって笑う。

「だろうな。俺をこんなとこまで誘って平気な顔してるもんな」

「ついてきたじゃないですか」

「おまえは旦那の弟だよ。旅行しても問題ないはずだ」

「普通の『嫁』は、義弟と旅行しません」

「あっそ。俺は普通じゃないし、だいたい男だ」

「俺は、男も抱けます」

「……バカか。自慢になんねぇだろ。宿、戻るぞ。飲み直しだ」

威勢よく言った佐和紀が、雑な仕草で踵を返す。

それなのに、岡村の視線は、揺れる毛先にさえ釘づけになった。

佐和紀は、ひとつひとつ、岡村の気持ちを丁寧につぶしていく。それもまた、ここまでついてきた理由なのだろう。

岩下との会話の中で、岡村の横恋慕も話題になったのだとしたら、きっと佐和紀は問題にもならないと否定したに違いない。

自分がどんなに男から性的に見られても、からかいの延長線上でしかないと頑《かたく》なに信じているのだ。

その証拠を、今夜一晩で見つけようとしているのかもしれない。

背中を見つめたまま、岡村は動けなくなった。

佐和紀の期待に応えたい自分と、このチャンスを逃がしたくない自分。その両方が天秤《てんびん》にかかる。

後者を選べば、きっと自分の命は軽く吹き飛ぶだろう。

周平か、佐和紀か。どちらがそれを決断するかはわからない。

でも、一番犯していけない過ちであることは確かだ。

追いかけるために踏み出した一歩の重みに、岡村は絶望に近い感情を持て余した。

「遅い」

腰に手を当てて立ち止まっている佐和紀が、いつもと何も変わらずに綺麗で目が眩《くら》む。浅い呼吸を繰り返し、わずかな後悔をもう一度苦く思い知る。

佐和紀を相手にして、対等に振舞えると錯覚した自分が愚かなのだ。どんなに周平仕込みの手管を持っていても、佐和紀にはかなわない。わかっていてもあきらめられなかった。石垣に泣きついた三井のように、すがりつきたいほどの未練がある。この思いを捨てきれない。

眼鏡を指先で押し上げ、走り回る子どもへと目を向けた佐和紀を好きだと思う。

綺麗な顔も、意地の悪さも、何気ない仕草も。

すべてが、好きだった。

「もう、やめた方がいいです」

次の一瓶を開けようとする手を、横から摑んだ。あきらかに飲みすぎだ。

顔を真っ赤にした佐和紀の目は据わりきっている。立て膝をついているせいで乱れた裾に視線を向けられず、岡村はため息をついて立ち上がった。酒を持っていかれると気づいた佐和紀が、足にしがみついてくる。

「う、わっ……」

勧められて浴衣になっていた岡村がつんのめると、佐和紀はなおも体重をかけてきた。

「……酔っぱらい」

宿へ戻ると言ったくせに、佐和紀は商店街の飲み屋にふらりと立ち寄り、あとは観光客と盛り上がってこのありさまだ。店員からお土産《みやげ》にもらった三百ミリリットルの地酒五本セットを、宿に戻ってから三本も空け、二人きりの夜に吐きそうなほど緊張していた岡村の気を削《そ》いだ。

こういう人だったと思いながら、その能天気と無邪気さに救われたような気にもなる。

「広島弁って、かっこいいよなー。じゃけーん、じゃけーん」

「ふざけてるって怒られますよ」

なんとか拘束を振り切り、残りの酒二本を隠した。代わりに水を汲《く》んで出す。

「ふざけてないんじゃけん」

「だから、それですって」

「かっこいい……」

「……佐和紀さんのは、間違ってますよ」

水を飲み干して突っ伏す佐和紀を、離れた場所に正座して見守る。眼鏡はとっくにはずされ、テーブルの端にあった。

「おい、シン」

「はい」

「これ、酒じゃねえだろ」

「透明なんですから、酒です。酔ってるからわからないんです。酒です。大丈夫です。酒です」

暗示をかけるつもりで繰り返し、もう一度、水を汲んで戻った。ことん、とテーブルに置くと、佐和紀からはなんの反応もなかった。顔を覗き込むと、まぶたは閉じていた。静かな部屋に、健やかな息遣いが聞こえる。

「寝た……んですか……」

「起ぉーきてーるぅー」

ろれつの回らない返事は間延びしていた。

「風邪《かぜ》をひきますよ。隣の部屋で寝てください」

二間続きの部屋だ。奥を佐和紀に明け渡し、岡村は露天風呂に近いこちらの部屋へ布団を引っ張ってきて寝るつもりだった。

「……おまえな、周平の真似、やめろ」

「してるように見えますか」

「……見えねぇ。でも、なんつーかな……。そんなことじゃあ、あいつを越えられねぇじゃん」

目を閉じたままの佐和紀が、むにゃむにゃとくちびるを動かした。大あくびをして、うっすらとまぶたを開いたかと思うと、また目を閉じる。

「越えるつもりなんてないんです」

「……それじゃ、あいつが損する……」

「支倉ですか」

「ばぁか。俺の旦那だ」

佐和紀の目がぱちりと開いた。テーブルに投げ出した腕は浴衣がずり上がり、酒の回った赤い肌が剝《む》き出しになっている。

それを見下ろし、岡村は動きを止めた。

「佐和紀さんの価値判断は、いつもそこなんですね」

「当たり前だろ。俺は、あいつのために生きてる」

岡村に背を向け、上半身をテーブルに投げ出した佐和紀が、そのままの姿勢で髪を掻き上げた。

「タバコ、取って」

言われても、岡村は動かなかった。

胸の奥がざわついて、言葉が喉元にせり上がる。何が言いたいのか、自分でもわからなくて苦しさばかりが募った。

「……シン」

佐和紀がゆらりと起き上がる。

「おまえはおまえだよ。周平の真似だなんだってのは、ちぃあたりのバカみたいに、意地悪いやつが言うだけだ……。俺にとっては、全部、おまえらしいよ。この部屋もな。ただ……」

「なんですか」

「なんだっていいから、自分で答えを決めろ。もう、いいだろ。オヤジのことは」

「……佐和紀さん。それはあなたでも」

言いかけた言葉を、鋭い視線に奪われる。

「親を言い訳にするな。お前が心配しなくても、おまえの親ぐらい、俺と周平が面倒みてやる。その、くそオヤジだって、先は長くねぇんだろ」

「それを、あんたが言わないでください」

周りには黙っていたが、父親が倒れたと聞いたのはもう一年も前だ。進行の早いがんで、もう手の施しようもないのだと、母親は泣きながら言った。でも、見舞いに行くつもりにはならなかった。

死んだと連絡がないから、生きているのだとそう思う程度のことだ。たとえ死んでいたって、手を合わせてやるつもりはない。

「周平ならいいのか。それも嫌なんだろう」

「どうでもいいんですよ。あの二人のことなんて」

「言わせねぇよ、そんなこと」

テーブルにもたれ、身体を肘先で支えた佐和紀が、ぐっとくちびるを引き結ぶ。

「いない方がいい親もいるんです」

「知ってる」

酔っている佐和紀の目は、鋭いようでいて、どこか力が抜けている。

「おまえの親がどうだって話じゃ、ない……。おまえが」

「佐和紀さん」

膝でにじり寄り、肩を摑む。

「離れろ」

振りほどこうとする手を摑み直した。クーラーの効いた部屋でも、酒に酔った肌は汗ばむほどに熱い。

「酔ってるんじゃ、ないんですか」

「酔ってる……だから、加減がつかない」

そう答える首筋に指を這《は》わせ、岡村は一思いにくちびるを近づけた。頰を平手で殴られ、揉み合いになる。

畳の上に両腕を押さえつけようとすると腰骨を蹴られ、痛みに怯んだ隙に這い出した佐和紀が、もう一発を顔に入れようと身をかがめた。繰り出される前に、ふくらはぎを摑む。

とっさに、もう片方の足へ乗り上げた。

荒い息を繰り返し、太ももを剝き出しにした佐和紀の顔を見る。上気した頰が色っぽく見え、不謹慎にも腰が疼《うず》いた。

「殴ってください。止まりそうにない」

「冗談だろ。離せ」

「離したくないんです」

「おまえからどけよ。拳使ったら、歯止めなんかないぞ。酔ってるって言ってんだろ」

酔った自分が人を殴り始めたらどうなるのか。血を見る興奮を知っている佐和紀は、変なところで冷静だ。

「キスぐらいさせてください」

「バカか。それで止まんのかよ」

「そのときは、半殺しにしてくださいよ。アニキには言いませんから」

「ふざけんな！」

叫んだ佐和紀が、眉根を引き絞る。

「言うか言わないかじゃねぇだろ！　おまえを殴ったら、あいつに合わせる顔がねぇんだよ！　バカ言うな！」

「それなら！」

佐和紀の足に乗り上げたまま、岡村も叫び返す。

「自分の魅力を自覚しろよ！」

「ねぇよ！　そんなもの！」

「あるんだよ！　俺もタモツも、アニキだって、メロメロになってんじゃないか！　ヤりたいんですよ。あんた見てると、すごい、興奮するんだ」

「よそでやれ！　誰にでも突っ込ませるわけじゃねぇんだよ！」

力ずくで逃げようとする佐和紀の腰を引き寄せ、無理に突き放せないと知っていて、身を乗り上げていく。

「……好きなんです」

口に出した瞬間、苦味が口いっぱいに広がった。

ハッとした佐和紀が怯えるように、顔を歪める。

「聞かなかったことにする」

泳ぐ視線を見ているうちに、岡村の心は決まった。

身体の下には佐和紀がいて、手のひらは脈を打つ肌の熱さを感じているのだ。引き戻せるとは思えなかった。

「そんなこと、しないでください」

「ふざけんな。本当に、もう勘弁してくれ……」

佐和紀の手が、岡村の浴衣をぎゅっと掴む。

「それなら、遂げさせてください。まるごと酔ったせいにして忘れてください」

キスしようとすると顔を背けられる。

「嫌だ。やめろって」

逃げ回る顔を両手で押さえると、手首に鋭い痛みが走った。爪《つめ》を立てられたのだ。

「周平の代わりになるつもりか」

見据えられて、岡村はぐっと押し黙る。

あと五センチ。たったそれだけの距離を、睨まれただけで詰められない。

「周平に言われた。おまえに、自分の後をなぞらせるな、って。エロい嫉妬すんなって怒ったけど。わけがわかった」

早口でまくしたてる佐和紀は、身を硬くしたまま岡村の下にいた。微塵でも動けば、相手を刺激すると思っているのだろう。

話すたびに継ぐ呼吸も浅い。

「おまえが俺に突っ込んだって、それは周平の身代わりだ。俺がおまえを受け入れることはない。セックスでもなんでもない」

「それでもいいって言ったら」

「周平よりもうまいとは思えねぇよ」

それ以上、説得を試みる言葉が見つからないのだろう。佐和紀の目がしっとりと濡れ、それが涙だと気づいたのは、

「試してみてください」

と言った後だった。

「そんなことになったら、おまえとは終わりになる。嫌いになりたくない」

「俺は」

「嫌われたいんだな」

佐和紀が傷ついた顔をする。

「周平はおまえの配置を変えるつもりでいるんだろ？　ちぃから聞いた」

佐和紀の目から涙がこぼれ落ち、まなじりから耳へと流れていく。岡村は息を呑んだ。

「けど、俺次第だとも言われた。……やっぱ甘いんだな、俺。こういうことだとは思わなかった。押し倒されるなんて、思ってなかった。……なんでだろうな。思ってなかった」

「好きなんです」

「知ってる。……知ってた」

答える佐和紀は、途方に暮れたように目を細めた。

もっと大人で、もっと理性があると思っていたのだろう。どんなからかいにも誘惑にも屈しないと、そう信じていたのだ。

「それを利用し続けるなんてさ、俺にはできそうもない」

佐和紀の手が岡村の身体を押し返そうと伸びて、それすらできずに襟をまたぐっと摑む。人の思惑はいつも身勝手だ。

岡村に決めろと進路を委ねる岩下も、その岩下の都合だけを考える支倉も。

佐和紀が誰に何を言われ、どう考えたのか、そこまでは岡村にもわからない。

だけど、岩下との間で岡村を巡っての争いがあり、佐和紀が信頼を押し通したことだけは確かだ。岩下は限度があると言い、それをうまくコントロールするようにでも助言したのだろう。

やろうと思えば、佐和紀にはできる。

でも、したくないのだ。それがなぜなのか、岡村は必死に考え、答えを出そうとした。

佐和紀の涙に動揺してしまい、答えを出すことでしか贖《あがな》えないとも思う。

岡村を見る佐和紀が、ゆっくりとまばたきをした。長いまつげが濡れていて、岡村の心がため息をつくように震える。

「……周平のところへ、帰るか」

柔らかく優しい声の響きに、岡村はうなだれた。佐和紀に馬乗りになったまま、下着の中の興奮も冷ませずに息を詰める。

「それとも、俺のところへ来るか」

「佐和紀さん」

思わぬことを言った佐和紀が、目元を歪め、人の悪い笑みを浮かべる。

「ちぃがな、言うんだ。周平は組を抜ける。俺はついていかないって決めてる。だから、いつかはこおろぎ組へ帰ることになるって。おまえや三井を連れていきたいなら、自分で口説けってさ。別に、チンピラに戻るだけだし、一人でもいいんだけどさ」

「チンピラになんて戻れませんよ」

「ちぃにも言われた」

佐和紀はあっけらかんとして笑う。

「アニキとは話し合ってないんですか」

「あいつは、当然、こおろぎ組に帰ると思ってるよ。シノギのいくらかを譲ってもいいって言われるけど、あいつのシノギはあっちじゃ、ちょっとな。おまえが橋渡しをやってくれるといいんだけど……。すぐにって話じゃない。……だから、おまえの気持ちを聞きに来たんだよ。俺にハメたいかどうかじゃなくて、おまえはどこへ行きたいかって話」

「考えてるところなのは本当です。佐和紀さん、そんなことまで考えてたんですか」

「ちぃがな、うるさいんだよ。周平が言わないことも、あいつが聞かせてくるから。まー、便利っていえば便利なんだけど。周平は変なところで口下手だからな」

岩下の性格をそんな一言でまとめてしまえる佐和紀は恐ろしい。物事を単純にしか捉《とら》えられないのは、最大の強みだ。

「シン。発情は止まったか」

「動物みたいに言わないでください。まだギンギンです」

「案外、スイッチが入りやすいんだな」

「佐和紀さんだからです」

わずかに身体を浮かせると、佐和紀はすっと逃げた。股間のあたりだけ浴衣の裾で隠し、後は乱れ放題のまま髪を掻き上げる。

「……そういう目で見ないとかって無理？」

「無理です」

「はっきり言うなよ」

苦笑した目元を拭った指先に、岡村は思わず手を伸ばす。男の指だ。なのに、握りしめただけでせつなくなるほどに愛《いと》しい。

「俺、無自覚だから。そばにいたら、またおまえのことからかうと思う」

表情を歪めた佐和紀は、そんな自分の性分を鼻で笑い飛ばす。

「おまえと俺に間違いがあったら、周平はどうするかな」

「本当に、無自覚なんですか」

「え？　今のどこがダメ……？」

呆気にとられた顔に、肩をすくめてみせた。

「煽《あお》りまくってますよ。たとえばですけど、今夜ここで抱けるなら、俺は死にます」

「真顔かよ」

「本気です」

「死なせたくねぇんだよ。俺だっておまえのことが大事だし……」

立て膝で前髪を掻き乱し、子どものようにくちびるを尖らせる。

「一回だけって約束してヤッたとしても、俺たちの関係はダメになるだろう」

「そうは思えません」

岡村は膝を揃えた姿勢で、即座に答えた。

「……必死かよ」

佐和紀がまた笑う。

「頭が変なんですよ」

「自分で言うな」

「変になりそうだと、ずっと思ってきたんです。だから、もうおかしくなってると思う」

岡村は、もう一度、佐和紀の手を掴んだ。

振りほどかない佐和紀は、豪胆なのか、それとも気弱なのか。おもしろがっているだけかもしれない。あきらめきれず、肩を抱き寄せた。

「キス、してもいいですか」

「いいわけないだろ。そういうところ、周平譲りだな。人の話を聞かない」

「若い頃のあの人だと思ってください」

岡村は真面目ぶって答えた。

次の瞬間には、身体を突き飛ばされ、力任せに平手打ちされた。見事な破裂音が部屋に響き、脳が揺れたような衝撃に岡村は目をしばたたかせた。

「おまえはおまえだよ。知り合う前のあいつだと思えば、いくらでも殴れる」

佐和紀の語気が強くなる。

「おまえは半殺しにできねぇんだっつーの。周平になんか似てねぇよ。仕草も顔も、指先の温度だってあいつとは違う。そんなつもりで、おまえにシャツを選んだこともねぇよ。代わりになろうなんて思うな。……おまえの代わりだっていねぇだろ」

ぷいっとそっぽを向く佐和紀がくちびるを噛む。その横顔がどこか悔しそうで、岡村の心は、さっきまでと違う落ち着きのなさで乱れた。

「男なのに、やるとかやらないとか、そんなんばっかり、マジで嫌だ」

「あ……」

佐和紀の目がまた潤み、岡村は激しく動揺する。取り返しのつかないことをしてしまったといまさらに気づき、恥も外聞もなく両手を畳につく。

佐和紀のくるぶしにむしゃぶりつきたいほど欲情するのに、相手を落胆させた事実に打ちのめされてしまう。

「おまえ、俺が薬を仕込まれたって手を出さなかったくせに。いまさら、なんだよ」

「あのときは、弱みにつけ込みたくなくて。……そんなふうに言わないでくださいよ」

「おまえが悪いんだ」

「……はい」

鼻をすする佐和紀の声に、もう何も言い返せない。

立てた片膝に顔を伏せた佐和紀は、時間を持て余すように自分の膝下を片手でさすり始める。岡村はこの時間がいつまでも続けばいいと思った。

越えられない一線を二人で眺めていることは、背徳に満ちて不毛な幸福だ。

「いつか、キスしてください」

「おまえは、中学生か」

せせら笑う相手に、心の底から願う。

その指先でも、膝でもくるぶしでもいい。血の通った素肌にくちびるを押し当てる一瞬が欲しい。

自分でも病的だと思ったが、願いは願いだ。ごまかしても変わらない。

「シン」

佐和紀に呼ばれて顔をあげる。

「周平みたいな兄貴分なんて、さっさと忘れて、俺んとこ来い。な？」

屈託なく笑うのは本物の悪魔だ。それでも、泣いた後の顔が天使に見える。だから、もう完全にヤクザな道に染まっているのだ。普通になんて戻れるはずがない。

そう思った岡村は、がやがやとした声を聞きつけて振り向いた。誰かが玄関の鍵を開けている。

確かめるために腰をあげる必要もなかった。鍵を握りしめて転がり込んできたのは三井で、その後ろから勢いよく入ってきた石垣に踏みつけられる。

「シンさん！　何やってんですか！」

三井の呻きをかき消す大声で喚いた石垣の顔は真っ赤だ。

「いきなり、広島とかって、冗談やめてください！」

「冗談も何も……。早かったな。フェリー、間に合ったのか」

笑いを嚙み殺すと、ぐいっと詰め寄られる。

その足元を這い出した三井が、佐和紀を見るなり悲鳴をあげて岡村へ取りすがった。

「ななななな……。や、やったの？　やっちゃったの？」

「はぁっ？」

声をあげたのは石垣だ。ぐるっと振り向き、そのままの勢いで岡村へ向き直る。

「あんた……」

浴衣の首元を締め上げられ、うんざりと顔を背けた。

「いやいや、いやいや！」

岡村の帯をむんずと摑んだ三井が、石垣を押しのけた。助けられたのかと思いきや、いきなり頭突きをかまされ、岡村はもんどりうって畳に落ちた。

完全な不意打ちだ。

「佐和紀、泣いてんじゃねぇかよ！　おまえ、ふざけんな！」

いつもの敬語はどこへやら、三井がドスの効いた声で怒鳴る。

「あいつがヤらせるなんて、ねぇんだよ！　あんた、それでも男か！」

「タ、タカシ……。待て待て。ダメダメ！」

足蹴にしようとする背中に、石垣が慌てて取りつく。

「うっせぇ！　こんなやつでも、かわいそうとか思って、足開いちゃったあいつの気持ち考えると……半殺す！」

「半分か」

「殺《や》る？　殺ろうか？」

口を挟んだ佐和紀の声に、瞳孔《どうこう》の開いたような目をした三井がぐるっと振り向く。

「かわいそうだろ」

浴衣を直しながら、佐和紀が立ち上がる。

三井は岡村に向き直り、歯を剝き出して吠《ほ》えた。

「そんなこと言ってっから、突っ込まれんだよ！」

「……どうせ死ぬなら、挿れてからがいいと思ってる男だから、やめとけ」

「え？　あぁ……」

振り向いたのは、石垣だ。声に、あからさまな安堵《あんど》が滲《にじ》む。

三人に近づいてきた佐和紀は、石垣を追い払うと、三井を力任せに引き寄せ、その頬に思いっきり拳をぶち当てた。

飛んだ三井は畳の上を転がり、壁に激突して止まる。

「度が過ぎるんだよ、てめぇはよ」

「あぁ！　あぁ！　佐和紀さん！」

「いいです、いいですから」

ふらりと動く佐和紀を、石垣と岡村が慌てて引き留める。放っておくと蹴り殺しかねない。ごろりと転がったままの三井は、力尽きた顔で三人を見上げた。

「だから、なんで、いつも俺がこうなるの……。最低じゃん」

「途中までは、かっこよかったからな……」

岡村が苦笑いで慰め、上半身を抱き起こした。

「あんたが悪いんだよ。シンさん。あんな格好のあいつ見たら、そう思うじゃん」

「……ないから。俺とあの人で、そんな間違いはないから」

笑って答えると、

「マジかよ」

信じていない石垣の声が降ってくる。微妙な空気が流れる世話係たちを無視した佐和紀は陽気に手を叩いた。

「おまえらさー、いいところ来たな！」

酔いの残っている声を弾ませる。その無邪気さに、三人はそれぞれ苦々しく顔を見合わせた。嫌な予感しかしないからだ。

佐和紀はにっこりと微笑んだ。

「この部屋、露天風呂あるから。みんなで入ろうぜ！」

ほどけかけた帯の先端をぐるんぐるんと回して、屈託なく言った。

5

露天風呂《ろてんぶろ》への誘いを三人それぞれの事情で断り、酒を飲んでいる人は足だけだと言い聞かせてなんとか、暴れ回りそうになった佐和紀を納得させた。

世話係の三人は揃《そろ》って露天風呂に浸《つ》かり、湯の表面を蹴《け》る佐和紀の足から全力で目をそらした。男の足だ。理性はちゃんと認識している。それでも、ほんのりと赤い肌は鬼門だった。

一番初めに音を上げたのは三井だ。早々にトイレに消え、岡村と佐和紀を二人にしたくない石垣は汗をかきながら意地を張る。下半身の事情でとっくに身動きの取れなくなっていた岡村は何もかもあきらめ、佐和紀の無邪気な足先を眺めた。

それから、布団を追加で二組用意してもらい、佐和紀と三井を同室で寝かせた。それが一日の顚末《てんまつ》だ。

翌日は四人で『大和ミュージアム』と潜水艦の展示されている『てつのくじら館』を見学し、ついでに広島市内を観光してから横浜へ戻った。

佐和紀を送り届ける仕事は三井と石垣に任せ、岡村は大滝組の事務所へ足を向けた。先延ばしにした仕事を片付けるためだ。

連絡をした構成員たちはきちんと待機していて、書類作成の指示と修正で時間はあっという間に過ぎる。秋に行われる定例会の資料は、どこの組が幹事を務めても大滝組の事務所が取りまとめることになっているのだ。

空いている席に座り、書類を繰《く》る。窓にかかったブラインドカーテンの向こうが真っ暗になっていることにも気づかないほど集中していると、にわかにフロアがざわついた。

威勢のいい挨拶《あいさつ》が飛び交い、幹部が顔を出したのだとわかる。

顔をあげるよりも先に腰を浮かせた岡村は、人目を奪うほどの男振りに表情を引き締めた。支倉を従えた岩下が、一直線に近づいてくる。

「広島はどうだった」

からかいの視線に岡村は息を呑《の》む。

「ちょっと応接に来てくれ。三番な」

岩下があご先をわずかに動かした。

「すぐに行きます」

答えて書類をまとめる。若手にコーヒーを運ばせてから向かうと、岡村と入れ違いに支倉は退室した。無表情な会釈は、心の内を読ませない。

日が変わる前に三井と石垣を寄越したのは、広島駅で岩下のカードが使われたと気づいた支倉だ。

急な利用でも希望の車を借りられるのは、コンシェルジュサービスがあるからで、手配を任される岡村が利用するのは珍しいことじゃない。宿の手配にも同じサービスを使ったのは、支倉が気づくかどうかに賭《か》けたからだ。

あの男の目をかいくぐれるのなら、行けるところまで行くと、そんなサイコロを振った。結果、支倉は気づいたが、そうでなくても、佐和紀を抱くことはできなかったと思う。岡村の気持ちを知っている佐和紀は、それを否定しない代わりに、受け入れるつもりもなかったからだ。

好きでいてもいい。でも、求めることは許されない。

それは前にも言われていたことだ。二人の仲は、岡村だけが右往左往して振り出しへ戻った。

「人の嫁に恥をかかせるなよ」

ソファーに座った岩下が、コーヒーカップを置いて顔をあげる。

怜悧《れいり》な印象の眼鏡《めがね》の奥で笑みが消えた。

「さっき、会ってきた。おまえを連れて出て悪かった、だとさ。あいつにかばわれて、嬉《うれ》しいか？」

テーブルの脇《わき》に直立した岡村は、無表情に岩下を見返した。

睨《にら》み合いにもならない。冷たい視線を向けられ、ただ、心の奥が冷えていく。

「おまえからの詫《わ》びがないのはどういうことだ」

「頭をさげるようなことはしてません」

はっきりと答えたのは、佐和紀がその方向で事を収めると決めたからだ。岡村の提案だったことは一言も口にするな、と釘《くぎ》を刺されている。

「確かに、仕事に穴を開けたわけでもないけどな」

長い足をテーブルの上で重ねるように投げ出した岩下が、ソファーの背にもたれる。

「……キスぐらいしたか」

「やめてください」

岡村はため息で返した。

「そんなことをさせてくれる人だと、思いますか」

「頼み方が悪いんだろ」

人の悪い笑みで答えた岩下に向かって、岡村は深く息を吸い込んだ。

「じゃあ、教えてください。どうやったら、あんたから寝取れるんですか」

『あんた』呼ばわりされた岩下の眉《まゆ》がぴくりと動く。でも、顔はいっそう静かに笑った。

「俺を越えて、俺以上に信頼されればいい。後者はわりに簡単だろう？　でも、あいつはそう簡単に、自分から足を開かない。俺も苦労したの、知ってるだろう」

「いいんですか」

「何がだ」

周平がせせら笑う。

「俺の嫁が欲しいのか。それとも、佐和紀が欲しいのか。おまえ、まずはそこをよく考えてみろ」

「……答えなんて」

身体《からだ》の横で拳《こぶし》を握り、岡村はもう一度息を吸い込んだ。

そんなことは、考えるまでもない。初めから、決まっている。

佐和紀を意識したときから、存在は岩下に紐《ひも》づけなんてされていなかった。その背後に、ちらついただけだ。佐和紀を好きになる理由には関与していない。

「今は何も言うな。即答が本気の証拠なんて年齢《とし》じゃないだろう」

ソファーの背もたれに首を預けた岩下は、リラックスというにはくだけすぎた格好で笑う。

「おまえ、懐かしい顔してるな」

言われて、岡村は視線を足元に下げた。

いつか、こんなふうに話したと思う。かつては何度も繰り返されたことだ。お互いに今よりもずっと若かった。

「この後、飲みに行こう」

嫌とは言わせない声の岩下は、感情を読み取らせない乾いた笑いを浮かべている。その表情に岡村も懐かしさを感じたが、それはあまり性質《たち》のいい感覚ではなかった。

＊＊＊

タバコの匂《にお》いがうっすらと漂う喫茶店で、岡村も箱から取り出した一本に火をつけた。

半袖のサマーニットを着た田辺も、食べかけのナポリタンをそのままにしてタバコを吸う。

「おまえ、まだ二日酔いとかバカなことしてんの？　年齢考えろよ」

あきれ顔で言われ、ぐったりとソファーに座った岡村はけだるくタバコを吸う。ポロシャツにジーンズの、オフスタイルだ。

「アニキだよ。しこたま飲まされた……」

「それこそ、ばーかー」

けらけらっと笑った田辺を睨みつけるのもめんどくさいほど、昼を過ぎてもまだ身体のアルコールが抜けきらない。

飲みに行くぞと連れ回され、組関係の店でかなりの数のボトルに自腹を切らされた。その上、浴びるように飲まされ、この体《てい》たらくだ。

「いまさら、怒られるようなことをするか？　何やったんだよ」

「オトコ守りたくて、ヤキ入れられたおまえとは違う」

「はは一ん。オトコに手を出して、嫌がらせされてんだ？」

「うっせぇ。……あー、気持ち悪い」

「センセとこ行って、点滴してもらえばいいのに」

「それがバレてみろ。またからかわれるんだよ」

「おまえも大変だな」

煙を吐き出した田辺から、純粋に同情される。

「懐かしい顔だって、言われた」

顔を撫《な》でながら水を飲むと、タバコを灰皿で休ませた田辺はフォークでナポリタンをついた。

商店街のはずれにある喫茶店は、昔ながらの佇《たたず》まいだ。常連以外の顔は滅多に見ない。

「ん？　どういうこと……？　あぁ、盾ついたからじゃねぇの？　おまえも、昔は尖《とが》ってたよ。突っかかってただろ」

「そんなことしてない。俺は、ずっと……」

言われて思い出すのは、岩下と出会ったばかりの頃のことだ。

父親と同じになりたくなくて、でも、なるしかなくて。他のヤクザの下に入るしかなくなったとき、周平に拾われた。

初めは反発していたし、ヤクザを毛嫌いしていた。その頃の自分のことかと、思う。

「あれは、盾ついたとかじゃなくて」

「知らないけどさ。おまえが犯罪行為から遠ざけられてたのは、知ってたよ。頃合い見て、足抜けさせるのかなと思ったけど……。おまえ、居すぎだろ」

「居すぎって、なんだよ」

「いや？ アニキの傘の下にいられるやつはいいよなって、思ったこともあったなぁ、って」

軽い口調だったが、本心だろう。田辺が他人を妬《ねた》むような男じゃなかっただけのことだ。

「さっさと覚悟決めねぇから、こんなことになるんだろ」

ナポリタンを食べた口元を紙ナフキンで拭《ふ》く。

「アニキの女に横恋慕って、最低のパターンだぞ。Vシネなら、そろそろ死ぬ。どうせ死ぬなら、やっとけば？」

「殺される」

岡村が即答すると、

「本人にな」

と田辺が笑った。佐和紀の恐《こわ》さを知ってるのは、なんらかのモーションをかけて拒絶されたからに決まっているが、そのあたりのことはいくら聞いても口を割らない。

佐和紀も言わなかった。だからこそ、岩下には知られたくない事実があるのだとわかる。

ナポリタンを食べきった田辺は、アイスコーヒーを頼んで、また新しいタバコに火をつけた。

「おまえも、骨の一本ぐらい折られとけよ。あれが男だって嫌でもわかる」

「そんなことはとっくにわかってる。もういいよ。あの人のことは」

「本当にわかってんのかよ？」

からかってくる田辺の執拗《しつよう》さに辟易《へきえき》しながら、岡村は宮島の夜に見た佐和紀の涙を思い出した。

「……わかってないのかも。おまえは相手のことどう思ってんの」

何気なく聞いたが、田辺のガードは鉄壁だ。視線を泳がせもせずに、眉を跳ね上げた。

「は？」

「マル暴の」

「あれは、おまえ、遊び相手」

と、今日もそらとぼけて笑い飛ばす。

「ふぅん」

「それ以上、何も言うなよ」

タバコを叩《たた》き、灰を落とした田辺が声をひそめた。岡村は唇の端に笑みを乗せる。

「言わせろよ」

「ぶっ殺す」

「大事にしすぎだろ」

「してねぇって言ってんだろ。てめぇの心配しろよ。昔なら、完全にお仕置き案件だよ、おまえ」

「されてるようなもんだろ」

昔なら人前で女を抱かされたが、今は周平の代わりに男を抱いている。似たようなものだ。

ふいに星花の顔を思い出し、たまには自分から慰められに行くのも付き合いのうちだと考える。

復縁の協力を求めてきたことが単なる冗談だったとしても、星花の行動は監視対象だ。媚薬《びやく》の類《たぐい》が佐和紀の身体に合わないことだけならまだしも、効く薬を知っているそぶりだった。

「新条《しんじょう》もさ、おまえをどう思ってんだろうな。あいつ、どうでもいいヤツなら平気で騙《だま》せるけど、懐に入れると途端にダメなタイプだ。おまえみたいに下心と邪心しかないような相手に情が湧《わ》くなんて、あいつもヤキが回ってんな。……否定しろ」

田辺に睨まれたが。頭の端にはまだ星花のことがちらつく。

「どこを」

と返すと、思いっきり眉をひそめられた。

「どこをって、な。『下心』も『邪心』もだ」

「無理」

「はぁっ？　ほんと、死亡フラグしか見えねぇし……。酷《ひど》くなってないか？　そろそろ香典の用意いる？」

冗談めかした後でぐったりと肩を落とし、冗談にならないと言いたげに、息をつく。

「ウソウソ。ありえねぇ……。おまえのそれ、新条が抜いて回ってんだから。それを許すアニキの懐の広さが半端ないよな。俺なら、そっちの方が恐くて手を引くけどな」

田辺と岡村の違いはそこにある。失敗をした後、女を抱かされる嫌がらせは一緒でも、ヤキの入れられ方は違うのだ。

田辺が骨にひびを入れたことは、一度や二度じゃない。酒を飲まされるだけで済む岡村は恵まれている。

「岡村。おまえな、新条に守られてんだよ。それでいいのかよ。アニキの傘の下から、あいつの傘の下に移って。お前がいいなら好きにすればいいけど『男』じゃねぇよな……。

まぁ、新条が男前すぎるのか。あの顔に似合うおしとやかな性格ならねー」

「なんだよ」

「いや、別にぃー。あきらめられねぇの？」

ふいに、田辺が友人の顔になる。岡村は息を詰めた。

広島くんだりまで連れていったと知れば、何を言われるか。いまさら真剣に怒られることだけは避けたかった。そんな湿った関係じゃない。

「おまえはあきらめたのか」

話の矛先を変えようとした岡村に気づき、田辺が顔をしかめた。

刑事をやっている男のどこに惚《ほ》れたのかは知らないが、何度も泥をかぶってやっているのは知っている。そのたびに、田辺はヤクザらしい焼き入れに耐えてきた。

「……俺は関係ないだろ。お前の話だ。死にたいならそれでいいけど、まぁ、俺はがっかりする。新条もだろう。……葬式で泣いてもらったら本望か。くだらねぇだろ。生きてれば、キスぐらいは、いつかできる」

「ガキかよ」

「突っ込みたいの？　やっぱり？」

「殺すぞ」

「大マジなんだね……。わかった。重症だわ、おまえ。まー、惚れた相手に手を出せないなんて、俺は絶対嫌だけど。そこはおまえ次第だし。けど」

田辺は真面目《まじめ》な顔をして、息を継ぐ。

「離れるなら今だぞ」

「できなかったら、どうなる」

「……どうしたいんだよ。俺に聞くな」

「じゃあ、言うなよ」

胸の前で腕を組み、岡村はそっぽを向いた。

「運営管理の件も、どう返事するんだよ」

田辺はまるで身内の問題のように心配し、テーブルの下で地団駄を踏む。

最近は、誰《だれ》も彼もがその話だ。受けるのが当然だから、さっさと決めろと、他の幹部からもわざわざ電話がかかってきた。

二日酔いで朦朧《もうろう》としていたから考えますとだけ答えたのが相手の逆鱗《げきりん》に触れ、迷う必要なんかないと怒鳴り散らされた。周りはみんなそう思っているのだ。

岡村だって、岩下から『やれ』と命じられたなら、逆らわずに受け入れる。でも、岩下は言わないだろう。

自分のそばにいろと、そう言われることはもうない。

雨がもう降り止《や》んだことに気づかず、岡村はただ借りた軒先から出られない臆病《おくびょう》者だ。

晴れていても、もしもが恐くて、濡《ぬ》れたくないとそれだけを考える。

『周平みたいな兄貴分なんて、さっさと忘れて、俺んとこ来い』

佐和紀の声が耳の内側でこだまして、岡村は憔悴《しょうすい》した顔でうつむいた。自分で道を選ぶことから逃げて、ここまで来た。

進退は極まっている。進むも退くも、自分の決断次第だ。

運営管理の話を受けることが佐和紀のそばへ行くことになるのか、その判断がつかなかった。石垣のように進むことで遠回りになったとしても、いつかは佐和紀のためになると思い切れない。未来はいつだって不確かだ。

岩下が岡崎を支えたように、自分が佐和紀を支えられるのか。そこに自信が持てないのだから胸がふさぐ。

裏切ることはたやすいのに、期待に添うことが難しくて、二の足を踏む。落胆させるぐらいなら、いっそ嫌われたい。

その想いは佐和紀の指摘通りだったが、それさえ自分の意見なのか、聞かされたから思い込んでいるのか。どちらとは言えない。

気鬱《きうつ》なため息を飲み込み、岡村は迷いのただなかで足踏みを繰り返す。逃げていられないこともわかっていた。

＊＊＊

二日酔いの翌日から一週間後。星花に連絡を取った岡村は、ちょうどよかったと言われ、岩下との会食のセッティングを頼まれた。

用件は、岩下から依頼されている件についてだ。佐和紀の過去についてだから、直接会って話がしたいと言われたら断れない。弱みにつけ込まれている気もしたが、岩下の確認を得てから山の手にあるフレンチレストランを押さえた。

個室があり、使い勝手のいい店だ。こちらが暴力団関係者だと薄々気づきながら、いつも愛想が良くてありがたい。

コース料理ではなく、一度にテーブルに乗るだけのアラカルトを頼み、高額なワインを予約した。

車に乗り込んだときから億劫《おっくう》そうな表情をした岩下は、呼び出しの本当の理由を察しているらしい。

レストランの席についても、いつも通りの尊大さを崩さない。テーブルに広げられた薄青のクロスの上から、赤ワインのグラスを引き寄せ、向かいに座る星花を見据えた。

岡村はドア付近の壁際に控える。

斜め前方には無表情な双子が立っていた。

部屋は広いが、テーブルはごく普通の円卓だ。サンルームが隣にあり、庭の緑には久しぶりの雨が降りかかっていた。

ついさっき降りだしたばかりの通り雨だ。

岩下に向かって艶然《えんぜん》と微笑《ほほえ》む星花は、相手の不機嫌さなど少しも気にならないらしい。長い髪を肩に流し、目を伏せた。

「覚えがあるでしょう」

挨拶もそこそこに、一枚の写真をテーブルに置く。

人物写真らしいが、岡村の場所からは詳しくわからない。

「こういうのは、好きじゃない」

星花が微笑んで言うと、岩下は写真を押し戻して答えた。

「おまえは情報を出し惜しみするだろう。金で片がつく方が楽だ」

岩下がワイングラスにくちびるをつける。星花は仕草を目で追い、ふっと息を吐き出した。

それだけのことが濃厚なほど性的に見えるのは、岩下を眺めているだけで星花が欲情しているからだ。

「こっちから話をつけて手を引かせたよ。無駄死になんて、かわいそうだ」

二人の会話の内容から推測すると、写真は私立探偵の男だ。佐和紀の過去を探っている岩下が手詰まりを感じ、新たに雇った相手だった。

特に有能でもない、ごく普通の探偵だが、元が警察官だと聞いて泳がせていたのだ。

「それでなんだ。新しいネタを見せる気になったか」

不穏なことを口にした星花は岩下の反応を見ていたが、あっさりと促されて肩を落とした。

「欲しいものがあるなら、それなりのことを……してくれないと……」

星花が椅子《いす》を鳴らして立ち上がった。テーブルを回り、ワイングラスの脚を押さえている岩下の指をそっと撫でた。

「岡村で事は済んでるだろう。それともあいつでは、力不足か」

「俺が力不足だから、探偵なんて雇ったんじゃないの？」

拗《す》ねたような口ぶりで、星花は周平の肌の上に指を遊ばせる。

「おまえの実力を疑ったことはない。あの探偵は単なる撒《ま》き餌《え》だよ。わかってるんだろう？」

「岡村さんに不満はないんだよ。すごく好きなセックスだ。だけど、奥さんのことなのに、人任せなんてねぇ……。俺は、そこが嫌なんだよ」

「俺への嫌がらせか」

岩下の手が、星花の指から逃げる。身をかがめていた星花は肩を揺らし、その直後に硬直した。

腕を伸ばした岩下が、星花の頬《ほお》を撫でたのだ。

硬くなった星花の身体が静かに傾《かし》いで、その手へと寄り添っていく。それだけで募る性感を深く味わっていることが見て取れる。

岡村は、向かいにいる双子を盗み見た。よく似た顔は、どちらも同じように嫉妬《しっと》を隠し切れていない。片頬がひくひくと引きつっていた。

双子が星花へ抱く気持ちと、自分が佐和紀へ抱く気持ちは、同じ恋心のようでいてまったく異質なものだろう。そんなことを漠然と考える。

そして、星花には星花の恋心があるのだ。

岩下を求める星花の心は、岡村がどんなに激しく抱いても埋まることはない。相手が双子でも同じだ。

惚れた相手と繋《つな》がることが、片想いに対する贖《あがな》いにはならない。肌を合わせる喜びと、心が嚙《か》み合わない悲しみは背中合わせだ。

「最後に、一度でいい」

星花の声が、震えているように聞こえた。頬をなぞる岩下の指を追ったくちびるが、男の手をなぞり、爪《つめ》の先を追う。懇願は本物だ。

「もう誘わないから」

泣き出すんじゃないかと思うほど、星花は真摯《しんし》に言った。

淫乱《いんらん》な情報屋の強がりも、岩下を前にしては崩壊寸前だ。うまく誘おうとするほどに心細さが露呈する。

「一度でも、裏切りは裏切りなんだ」

答える男の声は、冷淡だった。それは二人が関係を持っていた頃よりもはっきりとしていて、星花の心を想像するだけの岡村でさえ背筋が凍る。

「おまえの情報には、もう、それほどの価値はない」

星花にとってはもっとも聞きたくない最後通告だろう。

「……本当に、そう言い切れる?」

岩下の手を摑まえ、自分のくちびるに押し当てた星花が言う。

「おまえがいなくても、俺はそこまでたどり着く。今度こんなことをしたら、岡村も引き上げるぞ」

男に指を与えたまま、岩下は表情ひとつ変えなかった。

星花はちゃんと仕事をしている。でも、佐和紀に関することだけ隠している部分があるのだ。

岩下ともう一度関係を持つための交渉に備えたのなら、浅はかな企《たくら》みだとしか言いようがない。

星花と寝ないと決めたのは佐和紀のためだ。絶対に考えは覆らない。たとえ、それが佐和紀の出自に関する極秘情報でも、岩下は優先順位を違《たが》えない。

すっきりと伸びた背中に、岡村は痺《しび》れた。

出会った頃、反発してもなお心酔したように心の底から岩下に惹《ひ》かれる。こんなふうになりたいと思ったわけじゃない。

だけど、降りかかる艱難辛苦《かんなんしんく》を嘲《あざけ》りながら、それさえ踏み荒らして進む姿に目を奪われた。ついていけば、何かが見えるような気がしたのだ。変われるような、そんな気がした。

「……そうすれば？」

鼻で笑った星花は、それでも岩下の手を離さない。

「かわいい舎弟に、淫乱の相手をさせたくないのが本音なんだろう」

「星花。強欲は個性だ。否定するつもりはない」

岩下が、今日初めて、星花を覗《のぞ》き込んだ。

以前なら二人のくちびるは重なった。星花の肩はそれを猛烈に求めている。

でも、無言のまま立ち上がった岩下は、自分の手を取り戻してテーブルを離れた。

「純情ぶっても似合わないんだよ。多淫症《サチリアジス》の名が泣くぞ」

去り際の言葉に星花が勢いよく振り向く。出ていく背中を追おうとするのを、岡村は手で制した。

睨んでくる目には涙が浮かび、華美な美貌《びぼう》がいっそう際立つ。

走り寄ってきた双子に後を任せ、岡村は先に部屋を出た岩下を追いかけた。

雨が過ぎた駐車場の手前で、岩下はスーツの裾《すそ》を跳ね上げ、スラックスのポケットに両手を突っ込んで立っていた。

絵になる立ち姿だが、全身が不機嫌だ。

「どういうつもりだ」

なんの前置きもなく言葉が投げつけられ、岡村は深く頭を下げた。

「申し訳ありません」

「てめぇ、仕事してんのか？　誰が淫売《いんばい》をつけあがらせろって言った」

「すみません。きちんと話しておきます」

「身が入らないのは、男が相手だからか。惚れた相手を想像して、甘く抱いてんじゃないだろうな。いまさら、そこからか。あぁ？」

磨き上げられた岩下の革靴が、せわしなくレンガ敷きの小道を叩く。怒りは本物だ。

「あぁいう出方は厄介だ。佐和紀の件はともかく、他ではあいつが一番確かな情報源なんだよ」

「わかってます。本人も、それは自覚していますから」

「おまえら二人とも『仕置き』へ送ってやろうか。連帯責任取って、仲良く調教されてきてもいいぞ。ここんとこに、印、入れて戻ってくるか？」

ネクタイをぐっと握られ、引き寄せられる。首の後ろを摑《つか》まれ、親指が耳たぶの裏にあてがわれた。

遠い記憶が引き戻され、込みあげる嘔吐《おうと》感に岡村は眉をひそめた。鉄が肌を焼く匂いの邪悪さに、身の内が激しく揺さぶられる。

「遊んでんじゃねぇんだぞ」

一歩踏み込んできた岩下の靴の踵《かかと》が、岡村の足先をわざと踏みにじる。痛みをこらえて、視線を返した。

うつむけば、もっと怒りを買う。それは経験で身体に染みついている。

「こんな仕事しかできねぇくせに、佐和紀を連れ出してんじゃねぇよ。あいつに尻《しり》拭かせてといて、いい気なもんだな」

「……すみません」

「そんなんだから、てめぇじゃ勃起《ぼっき》しねぇって言われるんだろ」

「はい……」

「『はい』じゃ、ねぇよ。くだらねぇな」

口汚く罵《ののし》られても、怒りは湧いてこない。岩下の言うことはいちいちがもっともだ。

「どうカタをつける」

眼鏡のレンズ越しに睨まれ、岡村はようやく事態を飲み込む。サイコパスが待ち構える『お仕置き部屋』へ送られるのも、あながち冗談ではない。

星花の利用価値は高い。あの情報網を失えば、組だけではなく、岩下と支倉の今後にも損害が出る。

「答えないのか」

首を摑んだ岩下の手に、ぎりぎりと力が入り、直立の姿勢を取った岡村は即答した。

「できます。やらせてください」

「腑抜《ふぬ》けになるなら、恋なんかするな。迷惑するのは佐和紀だ」

どんっと胸を突き飛ばされて、岡村はよろめく。すぐに姿勢を整えたが、歩き出した岩下は振り向かなかった。

運転手が開けたドアから後部座席に乗り込む。車は岡村をその場に残して走り出す。

腰を九十度に折って見送った。身体が起こせず、息が苦しくなる。

足元の地面が崩れ落ちていくような気がして、しばらくそのままの体勢を取り続けるしかなかった。

6

ガラス張りになっているバスルームから出ると、淡いイエローのキャミソールを着た若い女は、広い部屋に置かれたダブルベッドの端で両足を遊ばせていた。

太ももからまっすぐに伸びた脚は、長くて美しい。骨格がいいんだと言った岩下の言葉を思い出し、星花の一件からこちら、四日も顔を合わせていない事実に気が重くなる。

オフィスにも屋敷の離れにも顔を出すなと、支倉から通達されたのだ。三井や石垣だけでなく、田辺からも心配する電話がかかってきたが、ちょっとしたミスだと説明するしかなかった。

いつも明るくふざけている三井から、佐和紀に手を出したせいだとからかわれなかったことが、岡村の心に新しいショックを付け加えた。冗談にならないと思われている証拠だ。

「岡村さん。美紅《みく》ね、結婚する」

バタつかせていた足を止め、女が化粧っ気のない顔で笑う。

大滝組が運営に噛んでいるキャバクラ『ゴールドラッシュ』で、三年もナンバーワンでいた美紅は今年で二十四になる。

「引き留めてくれたら、岡村さんのお嫁さんになるわ」

冗談めかした言葉は、どこまで本気なのか。

結婚のけの字も口に出さなかった昨夜のセックスを思い出し、岡村はガウンを脱いだ。

美紅は、岩下の愛人とまでもいかない遊び相手の一人で、結婚を決めたという相手も岩下のお仕着せだ。指示されて岡村が引き合わせたのは、前途有望な国家公務員だった。

「おめでとう」

椅子にかけたシャツに腕を通しながら笑いかけると、美紅はくちびるを尖らせてベッドを飛び下りた。脚の付け根ぎりぎりの長さのキャミソールを揺らし、フローリングの上を素足で近づいてくる。

高額家賃のデザイナーズマンションは、美紅を雇っている店の借り上げだ。岩下が選んだ部屋に通うのは、いつしか岡村に変わり、美紅もまた、いつしか、あきらめを覚えた。

「これきり？」

近づいてきた美紅が、チェストの上のカフスボタンを手に取る。キスマークをつけて欲しいと言われ、その通りにした赤い痕《あと》は、白い肌に点々と散っていた。

好かれていたとは思うが、岩下に対するほど愛されていたわけじゃない。それでも、美紅は情を残し、キスマークが消えるまでは岡村を心に留《とど》めるのだろう。

「しばらくはダメだろう」

優しい口調でそう答えたのは、二度と会うことがないとお互いが知っているからだ。

「もう一回、ダメ？」

カフスボタンをつけ終わってからしなだれかかってくる美紅の肩を軽く抱き寄せ、その髪にそっとくちびるを押し当てた。

求められるままに激しく抱いたのは、今の岡村に鬱屈《うっくつ》しかないからだ。

あの日、レストランの部屋に戻ると、星花たちはすでに退店していた。すぐに追いかけたが、星花と話そうとしても双子たちに阻まれ、顔も見られなかった。

それから二日間は毎日足を運んだが、星花らしくもなくセックスを拒んだ。双子相手でも同じだと教えられたのは昨日のことだった。

岩下の嫁には手を出さないと言っているが確信がないと、心配を募らせた双子は本心を口にした。星花はかなり感情的になっているのだろう。衝動的にでも行動を起こせば、最悪の事態は免れない。

一思いに殺してくれるほど、岩下は優しくないからだ。

自分の耳裏に指を這《は》わせた岡村は、もう片方の手で美紅の背中を抱いたまま息をついた。

サイコパスの男が自分の所有物の証《あかし》として付ける焼き印は、岡村がこの世界で見聞きしたものの中でも上位につけるほど陰惨だ。その先がどうなるかは聞かない方がいいと、岩下でさえ薄ら笑いで目を伏せた。

どうせ怖がらせているだけだと思ったが、自分がお仕置き部屋送りになるかもしれない瀬戸際に立つと状況は変わってくる。

佐和紀を寝取っても、あの部屋へ送られることはないのに、仕事での致命的な失敗なら確定というのもおかしな話だ。

そこが公私を分ける岩下の公平なところだと言われれば、ぐうの音も出ないが、そんなきれいごとだけでもないだろう。

岡村でなければ確定案件だ。

佐和紀に横恋慕するぐらいならいい。もしも、本当に手を出し、佐和紀の尊厳を傷つけたら、岩下は容赦しない。

自分は守られているのだと、岡村はもう一度、心に深く繰り返す。岩下ではなく佐和紀に守られているのは、世話係として二年にわたり、そばにいたからだ。

昔気質《むかしかたぎ》な佐和紀は、情に厚い。身内と決めた岡村を無条件に受け入れ、岩下とケンカしてでも肩を持つ。旅行に誘われ、岩下から遠く離されても警戒心さえ抱かないのは、そのせいだ。無邪気に酒を飲んで酔い、楽しそうに笑ってみせる。

「岡村さん」

美紅が身体を離した。自分を抱き寄せる男が、他の誰かに心を奪われていると、女たちは過敏に嗅《か》ぎつける。

「……死なないでね」

「え？」

「そういう話、聞いたの。岩下さんが怒ってるんだって。……平気？　大丈夫？　私がちゃんと結婚したら、少しは立場が良くなる？　もっと他のこと……」

「いいんだ」

くちびるを指で押さえて、黙らせる。

「俺のことなんか考えないで結婚しろ。岩下の選んだ男なら、きっと幸せになれるから」

そして、彼女を得た夫は、わずかな金と引き換えに情報を漏らすのだ。

「……岡村さんも、いつか、そういう相手と幸せになるの？」

美紅の純粋な質問が、岡村の心を傷つける。

「どうかな」

答えを濁したが、岡村にはわかっていた。自分の相手を選ぶのは、岩下じゃない。生きるのも死ぬのも、不幸に落ちるのも、幸せを感じるのも、選ぶのは岡村自身だ。

チェストの上の携帯電話が震え、メールの通知が二件入る。

「仕事だ。もう行く」

内容を確認した岡村は、焦りを隠して身支度を整えた。

ひとつは、双子からの密告。もうひとつは、三井から入った佐和紀の行き先。

「岡村さん、結婚式、見に来てくれる？　チャペルなの。通りすがりでいいから、美紅のドレス姿見てくれる？」

「アニキに頼まないの？」

スーツのボタンを留めながら、笑いかける。美紅の顔が見る見る間に歪《ゆが》んで、涙がぽろぽろと頬を流れ落ちた。

「岩下さんには、見て欲しくないの。誰かのモノになる美紅を、見て欲しくないの」

それでも、美紅は出会った相手を好きになっている。心の奥に、自分を変えた悪い男を刻みつけたまま、明るい光の差す幸せな方へ歩いていくのだ。

そういう自分を、岡村には覚えていて欲しいのだろう。

「幸せにな」

出会ったときにはまだ子どものようだった頬は、もう丸みを帯びていない。あどけない少女を、傷ついた女に変えてしまう岩下の手酷さを思いながら、岡村はその頬とくちびるにキスをして部屋を出た。

それでも、傷を抱えた女たちは、みんなそれぞれに美しい。

手首にはめた時計の針を読み、岡村は通りでタクシーを停めた。

久しぶりに岩下を激怒させて憔悴しているのに、一方ではホッとしている自分を自覚する。怒ってくれると思ったからだ。

まだ、この人は、言葉を重ね、俺を叱《しか》ってくれる。

そして同時に、岡村は後悔した。岩下に会うことが許されないのは、岡村を突き離せない岩下自身の自己嫌悪ゆえだと気づいたからだ。

人を傷つけずには生きられず、傷つけた分だけ誰かを守りたいと思い続けた岩下を、岡村はよく知っている。

ずっと背中を見てきた。その肩越しに見る世界が、岡村の世界のすべてだった。

守られ、かばわれ続けた時代は続かない。

終わりが来て、始まりがあって、そして、また終わっていく。

美紅が岩下と出会い、岡村と過ごして、また新しい男との人生を始めるように、『始まりの後の終わり』にも続きがある。

そんな『終わりの後の始まり』を続けようとする人間だけが見られる広野の地平線があるのなら、それを自分は誰と見たいと思うのだろうか。

飛び乗ったタクシーが、マリーナにあるレストランの前で止まる。板張りのオープンテラスから係留されたボートが眺められる店は、雰囲気にバブル時代の古臭さを引きずっていて佐和紀のお気に入りだった。

ブランチのホットサンドを食べるために今日も来ている。

そして、星花の双子たちからの密告の内容も、ここを示していた。

星花は動いたのだ。

店の中を抜けて、オープンテラスへ出る。

焦って駆けつけたが、平日の午前中とあって閑散としたテラス席に星花の姿はなかった。まだ爽《さわ》やかさのある海風が柔らかく吹き抜け、奥の角席に座る佐和紀はのんびりとタバコを燻《くゆ》らせていた。手前に座る三井が岡村に気づき、苦笑いしながら立ち上がる。

その顔を見て初めて、支倉からの通告が頭をよぎった。佐和紀とも接触禁止の身だ。

「どうしたんですか」

駆け寄ってくる三井の後ろで、佐和紀が振り向いた。何も知らないのだろう。ノンキに手招きをしている。

「もう、大丈夫なんスか」

「そうじゃない」

「じゃあ、帰ってくださいよ」

岩下と岡村の揉《も》め事に巻き込まれたくない三井が遠慮のない邪険さで顔をしかめる。

その気持ちはよくわかるが、星花が動いたと連絡が入った以上は引き下がれない。

説明しようとしたところで、人影が二人の脇をすり抜けた。甘い匂いが尾を引き、岡村は慌てて三井を押しのける。

星花だ。双子をどこへ置いてきたのか、一人きりだった。

スタンドカラーのチャイナ服風半袖シャツの肩に、ラフにまとめあげた髪からほつれた毛先が流れている。幅広なパンツの裾をひらめかせて、佐和紀へ近づいていく。

佐和紀の目が、誰の客だと言いたげに世話係二人へ向けられる。岡村は目配せをした。星花を知らない三井を引き寄せ、岩下への連絡を耳打ちで頼んで建物へと押しやる。

それから、佐和紀の座っている席へ足早に近づく。

岡村を無視している星花は、三井が座っていた席に腰かけ、足を組んだ。断りもなく、ポケットから出したタバコに火をつける。

岩下がたまに吸う葉巻タバコだと、岡村にはわかった。

「失礼だろう。やめろ」

岡村が肩を摑むと、星花は髪を肩から払う程度の仕草で指をはずした。そして、佐和紀をまっすぐに見る。

「岩下さんの奥さんでしょう。旦那《だんな》さんには、『お世話』になっています。一度、ご挨拶をと思っていたんです。結婚前は、あっちの方のお世話もずいぶんとしてもらっていたので」

ストレートに切り出した星花に、佐和紀の表情が固まる。

星花よりは清楚《せいそ》なまつげが震えたように見え、岡村は息を呑んだ。佐和紀は指に挟んだタバコを置き、ゆっくりとまばたきした後で、ふっと息を吐くように微笑んだ。

「あんた、情報屋だろう？　聞いた通りだな」

身を乗り出すようにした佐和紀が、首を傾ける。

「めちゃくちゃ、美人だ」

そのままじっと見つめられ、たじろぐのは星花だ。

相手をいじめてやるつもりで来て、純粋な心持ちで見つめられるとは思ってもいなかったのだろう。

岡村にも意外だった。佐和紀だけが、飛び抜けた美人の登場に興奮を隠さない。目を輝かせ、無邪気な声で言った。

「なぁ、シン。ユウキもかわいい顔してるけど、こんなに美人じゃないもんな。……色っぽいって、こういう感じなんだな……」

佐和紀は本気だ。真剣に見惚《みと》れ、心から感嘆のため息をつく。

「佐和紀さん……」

岡村がひと声かけると、たしなめられていると気づいて、ハッと肩を揺らす。

「あぁ、そうか。嫌がらせか。嫌がらせに来たんだよな？　文句つけに来た女なんかより、ずっと綺麗《きれい》だからさー」

灰皿に休ませていたタバコを揉み消し、はしゃいだ声で言った佐和紀がふと声のトーンを沈ませた。

「なんか……、あいつの方が、迷惑かけたんじゃないかって、心配だな」

「慣れてるんですね。愛人に乗り込まれるの」

呆気《あっけ》にとられていた星花がようやく勢いを取り戻し、見据えられた佐和紀は視線をそらした。これではどちらが本妻なのか、わからない。

「……慣れはしないよ。けど、いちいち腹を立ててもなぁ。だいたい、迷惑をかけたのは俺の旦那なんだから、文句を言いたいってのはまっとうな考え方だし。聞くぐらいしかできないのは申し訳ないんだけどさぁ」

いつからそんな考え方をするようになったのか。乾いた笑いをこぼした佐和紀は肩をすくめた。

結婚した当初は、怒鳴り込まれるたびに弱り、自分以外の『誰か』の影に怯《おび》えてもいたのに。

いつのまにやら真逆の考え方になっている。悪いのは遊び歩いた岩下だと割り切り、苦情を聞くのも謝るのも、嫁である自分の仕事だと思っているらしい。

「あれだな、あんた、牡丹《ぼたん》の花みたい。華やかで、本当に綺麗だね」

うっとりと目を細めた佐和紀は、また小首を傾げた。

「……岡村さん」

佐和紀に見つめられて身動きの取れなくなった星花に助けを求められ、岡村はぶるぶるっと指先を振って返した。

「俺に振るな」

「だって……」

「こういう人なんだ。知ってたんじゃないのか」

「書類上のことだよ」

星花の指に挟んだタバコが吸われることもなく燃えていく。気づいた佐和紀は灰皿を置き直した。

「まだ仕事では世話になってんだろ。岩下に無茶を言われて困ってるなら、話、聞こうか。それとも、そいつが役立たずか」

笑いながら、見えない大きな槍《やり》で突いてくるのは、岩下と揉めたことが耳に入っているからだ。さっき手招いたのも、知っていてのことなのだと思い、岡村は嫌な汗をかく。

本当に、この頃の佐和紀は油断がならない。

岡村と佐和紀が交わす無言のやりとりを気にもせず、タバコを消した星花は口を開いた。

「……あの人が欲しがっているあんたの親の情報を、俺は持っています。だから、引き換えに、一晩、岩下さんをお借りしたい」

小手先の策略で騙せる相手じゃないと見て取った星花は、なんの小細工もなく思いの丈を口にした。

「借りるって、セックスってこと？」

佐和紀が眼鏡を押し上げながらため息をつく。

「もちろん」

とうなずいた星花は、直後にとんでもないことを言い出した。

「それとも、あなたが、お相手してくださいますか」

眉を跳ね上げた佐和紀が、上目遣いに岡村を見る。

「……これって、どっちが上？　俺？」

「どっちでも」

答えるのは星花だ。新しい快感の匂いを嗅ぎつけた身体は、もう性的な興奮を覚え始めているらしい。

体温が上がるのに合わせ、甘い体臭が香り立つ。

肩を落とした佐和紀は着物の袖に両腕を隠すようにして、胸の前で腕を組んだ。

「その話、こいつのいないところでして欲しかったなぁ……。筒抜けだろ」

残念そうな口調が嘘《うそ》か本当か、岡村ごときには判別つかせず、佐和紀もまた爽やかな色気を振り撒く。

このままにしておくと、二人してどこかへ消えそうな勢いだ。たじろぐ岡村を横目に、腕をほどいた佐和紀は眉をきりりと引き締めた。

「あんた、バカじゃないよな。それなら、俺の知らないあいつを知ってるんだろうから、わかってんだよな？」

いつもの口調で、ぐいっと身を乗り出す。いきいきと輝く目をついっと細めた。

「身体だけに値打ちがある男じゃないよ」

言われた星花の背筋が伸びる。

瞬間で敗北を突きつけられ、即座に受け入れる。向かい合う二人の美形は、視線で勝敗の結果をやりとりし合っていた。

そして、佐和紀が続ける。

「だいたい、シンが後を受け持ってんだろ？　それって、大事にされてるんだよ。なぁ、シン。あいつの男の好みは、若いもんなぁ。それでもヤってたんなら、特別だったんだろ」

「……俺に聞かないでもらえませんか」

「じゃあ、誰に聞くんだよ。周平が言うと思うか」

カラッと笑った佐和紀が、星花に向き直った。

「……あらためて。岩下、佐和紀です。あんた、名前は？」

佐和紀に問われ、星花が緊張をゆるめて微笑んだ。答える前に佐和紀がはしゃぐ。

「あ、やっぱり、すごい美人。こういうのを、美人っていうんだよな！」

「自己紹介、させてやってくださいよ」

岡村が肩を落とすと、子どもっぽく片眉を上げる。

「そうだった」

「……中華街で情報屋をしてます。星花と申します。どうぞ、お見知りおきを」

「うん、よろしく。シンファって、どんな漢字？」

「『星の花』です」

「あー、わかるなぁ……」

よっぽど星花の顔が好きなのだろう。佐和紀はまた惚《ほう》けて、テーブルに肘《ひじ》をついた。

その顔の方がよっぽど綺麗だと思う岡村は、テラスの床を鳴らして近づいてくる革靴の気配に振り向いた。ジャケットを手にした周平が近づいてくるところだった。

三井の連絡が行く前に情報を得ていたのか。想像以上に早い到着だ。

ボタンをはずした首元に、結ばれる前のネクタイがぶらさがったままになっている。

「おつかれさまです」

直立の姿勢で挨拶をすると、ぎりっときつく睨まれる。また新たに怒っているらしい。

星花が突撃すると知って、ネクタイを結ぶのも忘れて駆けつけたのだ。当たり前だと岡村でさえ思う。

「星花、顔を貸せ」

佐和紀に何を言ったと聞くよりも先に、岩下は鋭く声を放つ。振り向こうとする星花を、佐和紀の指が制した。

目鼻立ちのはっきりした星花に比べ、佐和紀は日本人らしい繊細な美貌をしている。にこりと微笑んだが、それが恐いのだと岡村は背筋を震わせた。

外見は清楚でしとやか。微笑む姿は、男を骨抜きにするほど優しく見える。

でも、内面は三六〇度ぐるりと回って別人に変わるようなものだ。もはや変身に近い。

「俺の新しい友達」

と、佐和紀は言った。黙った岩下を見上げる。

「屋敷に帰りたいから、送ってくれる？　一人で来たんだろ」

「どうしてわかるんだ」

「音が、少し聞こえたから。うるさいんだよなぁ、フェラーリは」

屈託なく笑いかけられた岩下の毒気が完全に抜かれる。

屋敷まで送る車の中でさらに釘を刺され、もう星花に手出しできなくなるだろう。少なくとも、佐和紀に会いに来たことに関しては完全にだ。

「さっきの話だけど」

佐和紀は星花に向き直って言った。

「俺は、パス。だって、シンとやってんだろ？　『兄弟どんぶり』はゴメンなんだよ」

聞いている三人がクラリと来るようなことを、似合わぬ顔で平然と言ってのける。

「情報は、いらないんですか」

星花が、力の抜けた声で聞く。佐和紀は背筋を伸ばし、衿元《えりもと》を指先でしごいた。

「それはちゃんと出してくれ」

当然だと言いたげにあごを上げる。そして、ちらりと岡村を見てから続けた。

「うちの岡村は、美人の一人遊びに付き合うほど、暇じゃない。仕事なんだ。そこへの対価は、ちゃんと支払われるべきだろう？　嫌なら、金輪際、使うな」

キッと見据えられたのは新参者の星花だ。そして、軽いため息をついたのは、成り行きを見守った岩下だった。

岡村の腰の後ろを軽く叩いて行き過ぎ、佐和紀の椅子を引いて立ち上がらせる。

「そういうことだ。星花。報告書をきっちり上げろよ」

言いながら、佐和紀の手を自分の肘に摑まらせる。

腕を組むようにして歩き出した夫婦を、岡村と星花は並んで見送った。

どこまでも豪胆な佐和紀が岩下へ声をかけるのが聞こえてきて、岡村は思わず額を押さえてしまった。去り際の佐和紀は岩下に向かって、こう言ったのだ。

『兄弟どんぶり』って何だっけ？　タカシが言ってたから使ってみたんだけど。合ってた？」

「もう二度と使うな」

返す岩下も苦笑している。

「……あんな人が、好きなの」

二人が店の中に消えた後で、オープンテラスをぼんやりと眺めていた星花が消え入りそうにつぶやいた。

岡村は髪を掻《か》き上げ、隣の席から椅子を引き寄せて座る。

「好きだよ。最高だろ」

タバコを取り出し、火をつけた。

気安く腰を叩いた岩下の仕草を思い出し、心がわずかに軽くなる。あれは、褒められたのだ。

「どうやったら、ベッドインできる？」

「俺ができてないんだ。あきらめろ。薬なんか使うなよ」

「……忍ぶことこそ恋、ってなんだっけ……」

まだぼんやりしている星花は、完全に佐和紀の手中だ。何かを思い出したように、ふっと笑う。

「女の匂いだね。俺の匂いに変えてもいい？」

欲情している目が、女を抱いてきた岡村を見る。

「腹を満たしてからにしてくれ」

まずはタバコに火をつけた。ヨットが並ぶマリーナに視線を巡らせる。高くなった夏の日差しが目に入ってきて眩《まぶ》しかったが、心の中は海と空のように青く澄み渡っている気がした。

やっぱり、佐和紀に守られている。

そしてそれは、自分自身のそばに置いておきたいがためのことだ。期待されているわけじゃないと思った岡村は、タバコのフィルターを噛んだ。

立ち上がって、テラスの端まで歩いていく。柵《さく》にもたれ、煙を吐き出した。

身体が震えてたまらず、横木を掴む。タバコを挟んだ手で、前髪を強く鷲摑《わしづか》みにした。

目を閉じても、やり過ごせない感情があった。

周平を忘れて、自分のそばへ来いと佐和紀が言ったのは、利用価値を見込んでいるからじゃない。

ただ、選択肢に含めろと言っただけだ。

これから岡村が選ぶ未来の、その枝のひとつに佐和紀はいる。

そこに何があって、何が見えるのか。まだ佐和紀にだってわかっていない。

だけど、見られる何かがあるのなら、分かち合いたいとそう言うのだ。佐和紀の想いは、岡村への期待感でなく『信頼感』だろう。警戒心を持たない理由を見つけ、岡村は呆然《ぼうぜん》として息を吐く。ずっと信頼してくれていたのだ。

佐和紀には、負ける。勝とうとしても、勝てない。

……愛されているのだ。確かに。

身体を繫がなくても、キスをしなくても。

誰かの代わりじゃない。自分自身を佐和紀から必要とされている。

熱を帯びて痛む目から、雫《しずく》が一粒、こぼれた。

「ずるいんだよ……」

あの人が望むなら、そばへ行く。

それが心の中で拒み続けたヤクザの世界でも、憎んだ父親の生きた世界と同じでも、佐和紀がいるなら、自分で選んでそこへ行く。

佐和紀が好きだと、岡村は心から思う。

好きすぎて、どうしたらいいのかわからないほど、好きだ。

だから、佐和紀のために生きる。彼が岩下のために生きたいのなら、少しでも長く命を守っていく。

見返りなんていらないし、求めない。ただ好きでいさせてくれたら、岩下だって越えてみせるし、もっと違う何かにだってなってみせる。

そしていつか、正々堂々と惚れさせてみたいと、今はまだ遠い希望を胸に沈めた。

「岡村さぁん。何、食べるの？」

ウェイターを呼びつけた星花から声がかかる。岡村はタバコを口にくわえ、両手で髪を掻き上げた。

盛夏を迎える日差しは、身を焦がすほどに熱かった。

7

佐和紀の夢を見て、目が覚める。

確認した携帯電話が示す時間は、やはり予約したアラームよりも早い。天気予報とスケジュールを確認して起き上がり、本や新聞を足でよけながらバスルームへ入る。

身支度を整え、シャツの袖口をカフスボタンで留めた。

今朝《けさ》の夢に出てきた佐和紀の横顔も綺麗だった。誘うように伏せられていたまぶたを思い出し、岡村は一人きりの部屋でうつむく。

袖を通すのは、新しく仕立てたサマースーツだ。姿見の前に立ち、佐和紀は気に入ってくれるだろうかと、そんなことを考えた。褒めてくれたなら、大枚をはたいた甲斐《かい》もある。

身支度をきっちりと整えて部屋を出た。マンション前の交番で立っている警官に会釈しながら交番の前を過ぎ、通りでタクシーを止める。

行先は大滝組の屋敷だが、手前で降りた。タクシーの横付けは厳禁だ。あとは歩いて勝手口へ向かう。暗証番号を打ち込んでロックをはずし、敷地の中へ入った。

朝の掃除当番の部屋住みが駆けてきて、元気のいい挨拶をしながら頭をさげた。

昨日から泊まっている構成員の名前も出たが、岡村の目的は支倉だから聞き流して礼を言う。

「今朝は支倉さんがいました」

「母屋には誰が来てる」

「え？」

「岡村さん。超、かっこいいッス」

いきなり愛の告白かと顔を歪めた岡村に気づき、竹ぼうきを摑んだ若い部屋住みはぶんぶんっと頭を振った。潔い丸坊主が、いっそう幼さに拍車をかけている。

「そのスーツ、高いんですよね？　すっげぇ、憧《あこが》れます」

「ヤクザに憧れるなよ。ドツボだぞ」

笑って答え、手を振りながら母屋へ向かう。たとえ、スーツの良さが際立っているのだとしても、褒められて悪い気はしない。

午前九時を回ったばかりの母屋は静かだった。でも夜の静寂とは違う。空気の中に朝の活気が潜んでいる。

台所兼食堂へ行くと、テーブルには支倉だけが座っていた。背もたれがないかのように伸びた背中は、生真面目さの象徴のようで薄ら寒い。

「おはようございます」

声をかけると、ちらりと振り向く。コーヒーカップをテーブルに置いて、支倉が立ち上がった。

「おはようございます。そういえば、出入り禁止は解けました」

「早く連絡してください」

「昨日の夜遅くだったので遠慮しました。それで？　連絡もないのに何をしに来たんです」

「……支倉さんに話があって」

「場所を変えますか」

支倉は淡々とした口調で言う。

「アニキは？」

「本日は奥さまとマンションの方へお泊まりです。昼を過ぎてから、オフィスへ出てくる予定ですが」

微塵《みじん》も乱れない丁寧語は、何か不満なことがあったときの支倉の癖だ。昨日の星花の一件があり、周平の予定が大きく狂ったのだろう。

「それなら、ここでいいです」

支倉に椅子を勧め、岡村は真向かいに腰かけた。

「私からも、ひとつ、聞きたかったことがある」

コーヒーを一口飲み、支倉は立ち上がる。いつもの口調に戻っていた。岡村の分のドリップコーヒーを作ろうとしていることに気づき、慌てて後を受け持つ。

岡村と支倉の間に上下関係はないが、仲がいいわけでもない。コーヒーぐらいは自分で用意した方が気楽だ。

「支倉さん、先にどうぞ」

コーヒーカップを手に戻ると、まるで面接官のような支倉が表情をきりっと引き締めた。美形なだけに、冴《さ》え冴《ざ》えとして冷たく見える。事実、冷徹な男だ。

理想の高い完璧《かんぺき》主義者で、他人に価値観を押しつけることにも躊躇《ちゅうちょ》がない。その上、口うるさくて、神経質だった。

「あの奥さんの、どこがいい。惚れてるんだろう」

いきなり切り出されて、岡村は驚いた。

こういったことに無神経な発言をする男だとは知っていたが、それにしても朝から切り出す話か、と思う。

岡村はじっと黙り、相手を見た。

「そんなことを聞くのは、自分への言い訳を探しているからですか?」

動じない態度で切り返すと、支倉の眉が跳ねた。頬がひくひくと引きつる。

「自分の気持ちを、素直に受け止めた方がいいですよ。どうあがいても、佐和紀さんが魅力的なことに変わりはない」

「その言い方が問題だ」

唾《つば》でも吐き捨てるように言った支倉は、厳しい表情でつんとあごをそらす。岡村は笑い返した。コーヒーを口元へ運ぶ。

「性的な魅力だけじゃないですよ。あの人は、あんたが嫌いな『ヤクザ』なんですよね。それも飛びきり古臭いタイプの極道だ」

「本当に、蔵から引っ張り出したような男だ」

顔をしかめた支倉を見て、岡村は笑いを噛み殺す。苛立《いらだ》ちであろうとも、この男をここまで動揺させる相手は少ない。

怒りじゃないから、なおさらだ。組にいる、だらしない連中に対して剝《む》き出しにされる嫌悪感とも違っている。

「……嫌いじゃないでしょう」

「好きでもない」

即答した顔に表情がなくなり、岡村はさらに追い打ちをかけた。

「佐和紀さんは、支倉さんが好きですけどね」

「迷惑だ！」

珍しく声を荒らげた支倉はため息をついた。肩を落とし、もう一度深い息をつく。

認めたくはないが、佐和紀が気になるのだろう。

好きと嫌いは紙一重だ。恋愛感情とはほど遠くても、支倉は揺さぶられている。

「惚れるのに、理由はない。支倉さんだってアニキに対して理由なんかありますか。強いて言えば、自分だけでは見られない何かを見せてくれると期待してるだけだ」

「おまえの場合は不毛すぎる下心があるだろう」

「モチベーションなんですよ。その程度だ」

軽く答えた。胸のつかえはどこにもない。

あの人が好きだと思う気持ちは、もう揺るぎがなくて、否定をしても始まらない。欲望を叶《かな》えれば消えるわけでもないし、この想いにつぶされて死ぬなんて今は考えられない。

だから、軽い言葉で覆い隠す。本心の重さは、決して受け入れてもらえない自分と、決して受け入れることのない佐和紀だけが知っていればいい。

「支倉さん。俺の方の要件なんですが」

「あぁ……」

気の乱れを短い呼吸で整え、支倉はあらためて背筋を伸ばし直した。

大滝組内で『風紀委員』と揶揄《やゆ》される男の冷たい視線にさらされても、岡村はたじろがない。たじろぐ理由がないのだ。

「例の件、ご推薦ください」

岡村の一言に、支倉が黙った。

何を言われたのか、理解するまでに数秒をかけ、眉を動かしながら手のひらをテーブルに置いた。

「なんと？」

確認され、岡村はもう一度言った。

「運営管理の仕事をやりたいので、アニキへの推薦と、業務についてのご指導をお願いします」

「あの男か」

「自分で焚《た》きつけたんじゃないんですか」

「何と引き換えだった」

これまでずっと逃げ回っていた岡村がいきなり決意を固めたのだ。支倉は今後の参考にしたいと言いたげな顔で見つめてくる。

「あの人のそばで、男になりたいんです」

「別の意味にしか聞こえないぞ」

「どう取ってもいいですよ。おそらく、間違ってません。どれも」

「岩下さんにもそのまま言うつもりなのか？」

「言いますよ。後で話をします。オフィスで時間を作ってください」

「それはいいが……」

腑に落ちない顔をしている支倉に向かって、岡村は口を開いた。

「佐和紀さんは、身内を説得するのに餌《えさ》なんか出しませんよ」

「身内……？」

目尻をひくっと引きつらせ、支倉が口ごもる。

「支倉さんも、一員ですよ」

「よしてくれ。とんでもない話だ」

「あぁ、身に余る光栄すぎて……」

「岡村ッ！」

両手をテーブルへ叩きつけた支倉が激昂《げっこう》する。撫でつけた髪が一筋、額へと乱れ落ちた。そんな姿を見るのは初めてで、岡村は素直に苦笑いを浮かべた。急に支倉がかわいそうに思えたからだ。

今までの価値観を掻き乱されて、まったく毛色の違う、自分が好まないものをぐいぐい押し込まれていくのだ。そんなこと、恐怖以外の何物でもない。

でも、それをいたずらっぽく笑いながらやってしまうのが佐和紀だ。『身内』にはそれをして許されると、無条件に信じ切っている。

「支倉さんなら、佐和紀さんとお風呂に入れますよね」

「はぁ？」

肩で息をつく支倉が顔を歪めた。

「よかったです。淡白な人がいて」

「待て。どうして、そうなるんだ。私は、あんな男と風呂には入らない。だいたい……」

「旅行、大好きですからね。絶対、連れていかれますから」

「な、な……」

「覚悟決めておいてくださいよ。風呂の付き合いは、支倉さんにお任せしますから」

「御免こうむる！」

「時代劇ですね」

「岡村っ！」

「俺は無理です。勃起しますから」

「貴様ッ！」

「今、何に怒りました？　直接的な言葉にですか。それとも、俺の節操なしな下半身にですか。佐和紀さんが不貞を働くなんて、これっぽっちも思ってないくせに、アニキかわいさに俺のこと売ろうとしましたよね？　いや、佐和紀さんを売ったのか……。俺が死んでも、なんの問題もないってひどくないですか」

「死ななかっただろう」

椅子に戻った支倉は、ふんっと顔を背けた。今後、岩下が安心して外へ出られるようにと、そのことだけを考えた支倉は、無茶を承知で佐和紀と岡村をぶつけたのだ。

二人が肉体関係を持とうと、持つまいと、支倉にはどうでもいいことだ。ただ、岡村がカタギに戻ることがないように、佐和紀の説得に期待し、できれば、キス程度のことで丸く収まればと思ったに違いない。

「どうして、力ずくでモノにしない。その程度の想いか」

「人を好きになったことのない人には説明できかねます」

「なに……」

「死んだら、バカみたいじゃないですか。生きている方が、あの人を見てられるから。抱くために死ぬなんて……嫌です」

「車を盗聴しておいて、よく言うな」

ぼそりと言われ、岡村は表情を隠した。冷めた目で支倉を見る。

「支倉さんこそ、離れのどこに盗撮カメラ仕込んでるんですか？　興味ないふりして、一人で愉《たの》しんでるんですよね」

「人を愚弄《ぐろう》するな」

「……そう言ったのは、アニキですけどね。誤解を持たれるようなこと、言ったんじゃないんですか」

「そんなこと……」

支倉の顔色がひゅっと青くなる。カマをかけてみただけだったが、あながち冗談ではないのかもしれない。

「支倉さんもマスかいたりするんですね」

「岡村ぁッ！」

支倉がまた叫んで立ち上がり、大きく揺れたテーブルの上で二つのカップが倒れる。コーヒーがかかる前に岡村は素早く立ち上がった。

「俺の件は思い通りになって、よかったじゃないですか。でも、佐和紀さんって、『ご褒美』は大好きですよ。どんなお礼をさせられるか……。楽しみですね」

にっこり笑いかけながら、するすると廊下の方へ逃げた。

「待て！　岡村！」

恐怖に慄《おのの》く声を聞きながら、岡村は食堂を後にした。

無情な策略家の支倉だからこそ、佐和紀の突拍子もない行動がなおさら読めないのだ。

胸ポケットの中で鳴り出した携帯電話を取り出し、玄関で靴を履きながら相手を確かめる。

「シンさん、来てたんですね」

電話をかけてきた相手の声が外から聞こえた。携帯電話を顔から離した石垣が笑う。

「ブランチ、行きませんか？　ちょっと、用事してきますから」

「あー……」

思わず、気乗りのしない表情を返してしまう。また、年下らしからぬ説教をするつもりだと思ったからだ。

「嫌そうな顔しないでくださいよ」

「最近のおまえはうっとうしい」

「……はっきり、言いすぎです……。俺だって傷つきます」

「ウソつけよ」

「え。……ちょっ、マジで、ダメなんですか」

外へ出た岡村を慌てて追いかけてくる。

「タバコ吸うだけだ。さっさと用事してこい」

からかって笑うと、金髪の石垣はくちびるを尖らせた。

「もー、マジでびびったし……。待っててくださいよ！」

念押しして屋敷の中へ入っていく。その背中を見送らず、岡村は建物の陰でタバコに火をつけた。


石垣と一緒に喫茶店へ行き、くだらない話をしながら、朝には遅く昼には早い軽食を取った。

　話題はどれも、最終的には佐和紀のことにたどり着く。どちらからともなく気づき、苦笑いを交わした。

「シンさん。俺がいなくなったらさびしいですよね」

　いきなりそう言われて、眉をひそめて返す。支倉といい、石垣といい、頭の回転が良すぎる人間は脈絡がない。

「さびしかったら、なんだよ。どこにも行かずに、俺のそばにでもいるつもりか。さっさと消えるなら、抱いてやってもいいけど」

　アイスコーヒーに浮かんだ氷をストローでつつきながら、軽い口調で答えた。返ってくる視線はじっとりと冷たい。

「茶化さないでください」

「ナーバスになりすぎ」

　ストローの先を向けると、石垣は窓の外へ顔を背けた。

「自分で決めたんだろう」

「決めたけど……」

「聞きたい相手は、俺じゃないだろ」

「聞けません。俺はあんたと違って、遠くへ連れ出す根性もない」

拗ねたような口調に、気安さが見え隠れする。

「二人にしてやろうか」

「なれますよ。二人きりぐらい。そんなの、しょっちゅうだ」

世話係なのだ。離れや車の中で佐和紀と二人きりになることは珍しくない。

「聞いたら……。あの人の方が、さびしくなるでしょ……」

「アニキがいるんだから何もさびしくないだろ。どんな隙間《すきま》だって、ぴったり埋めるよ」

岡村の言葉に、石垣の視線が戻る。落胆と安堵《あんど》が入り混じった目はすぐにうつむいた。

「佐和紀さんは、おまえが遠くに行くなんて思ってないよ。帰ってくるってわかってる。待っていてくれる」

石垣が顔をあげる。そのくちびるが、かすかに震えていた。

「いつ、帰ってこれんのかな……、俺……」

本音がぽろりとこぼれ落ちる。岡村はストローをコーヒーの中に沈めて言った。

「不安なら、やめればいい。俺が頼んでやろうか。佐和紀さんに」

「どうして、佐和紀さん……」

「あの人にしか、中止にできないだろう。おまえは、もう受けたんだから。佐和紀さんが言えば、支倉が怒り狂っても、抑えられる。アニキも悠護さんも引き下がるよ」

「俺、本気で言ってないですよ……」

そうなったときのことを考えたのだろう石垣が、暗い声でつぶやく。

「知ってるよ」

岡村は笑ってテーブルに肘をついた。

「タモツ。何をどう決めたって、気持ちは揺れるんだ。そういうもんなんだよ」

「……ねぇ、シンさん。もしかしなくても、決めたんですか？　……どっち。どっちですか」

ぐいっと身を乗り出してきた金髪を押し戻す。

「これからアニキに言うんだよ。先におまえへ報告してどうするんだ」

「俺が安心して行ける方ですよね」

「おまえを安心させてやる義理はない」

「あるでしょ！　あるじゃん！」

テーブルをバンッと叩いた石垣は、ゆるゆると息を吐き出した。ソファーへもたれかかる。

「シンさんも待っててくださいよね」

「出発までに、タカシはあと何回泣くだろうな。おまえ、しばらく一緒に暮らしてやればば？　思い出づくりに」

「キモい」

おおげさに顔をしかめたが、胸の内に溢《あふ》れているさびしさは隠しようがなかった。

「あいつが騒ぐのは、おまえの分もと思うからだ。……迷ってもいいし、揺れてもいいし、行きたくないって思ってもいい」

石垣をまっすぐに見る。

「だけど、行けよ」

見つめ返してくる石垣が息を詰めた。

「なんで、みんな、そう言うのかな……」

「おまえの決断が間違ってないって思うからだ」

「俺、いらない子なんじゃねぇの」

「バカか。タカシみたいなこと言うな」

笑い飛ばして、眉をひそめる。

「アニキが並べた選択肢なら、どれを選んでも間違いない。心配するな」

口にした言葉は、自分の胸にもそのまま沈んでいく。

憧れるとか、越えるとかじゃない。あの人はあの人のまま、過去も未来もずっと、特別な男だ。ときに背中でかばい、ときに両腕で押し上げてくれる。

そして最後には一人で立てるようにと、見守っている。

勝つとか負けるとか、そんな次元じゃないのだ。

「あら、今日も素敵なスーツね」

秘書デスクに座っていた静香が立ち上がる。

「いらっしゃいますか」

「ええ、もちろん。アポは取れてるわ」

デスクから出てきた静香の指がネクタイに伸びてきて、岡村は無意識にあごをあげた。結び目と一緒に襟を整えられ、ぽんっと胸元を叩かれる。

「今日は支倉さんが上機嫌なのよ。さっき、出ていったところ。社長がずいぶんと不審がって、不吉の前兆だなんてぼやいていたけど……、どうなの？」

「俺に聞くんですか」

「キーパーソンだと思ってたんだけど。勘がはずれたかしら」

覗き込んでいる瞳《ひとみ》を見つめ返したが、真意は口にしない。

「結果はすぐに出ます」

そうとだけ言って、オフィスの扉を叩く。澄ました耳に、岩下の声が聞こえ、岡村は背筋が痺れるような緊張感をやり過ごす。

ぐっと奥歯を噛みしめてから、封筒を抱え直した。扉を開けて中へ入る。

「岡村です。お時間、ありがとうございます」

下げた頭を元へ戻すと、重役デスクのチェアに座った岩下に指で招き寄せられた。

「手短にしてくれ。今日はこの後の会合でラストだ。定時で終わらせたい」

夜は佐和紀と過ごすつもりなのだろう。

「これを」

小脇に抱えていた封筒を、テーブルの上に置く。

「星花から受け取ってきました。佐和紀さんの件です」

「取れたのか」

岩下の眉が動き、口元に笑みが浮かんだ。

「佐和紀さんのおかげです。災い転じて、ってやつですね。二年前ならこうはいかなかったと思います」

あの頃の佐和紀は、強がって吠《ほ》えるだけの臆病な狂犬だった。

それがこの二年で変わったのは、やはり、岩下のそばにいるからだと思う。人を認めて育てる岩下の根気強さに守られ、佐和紀も成長している。

封筒の中を覗き込んだ岩下は、書類を取り出さず、封筒ごと脇に置いた。チェアにもたれ、足を組み直す。

「星花が俺なしで二年も耐えたのは、おまえの成果だな」

にやりと笑いかけられ、岡村は背筋を伸ばす。

「あいつを止められるほど、床上手だとは」

からかいを忘れないのが岩下らしい。

「見込んで振ったんじゃないんですか」

胃の奥が熱くなるのを感じながら、岡村は腰の後ろで手を組んだ。

「違うだろ。おまえが佐和紀にのぼせてるから、男をあてがったんだよ」

「逆効果でした」

「だろうなぁ」

人の悪い笑みを艶《つや》っぽく口元へ浮かべた色男は、心底から楽しそうに目を細める。自分の嫁の魅力も破壊力も、重々承知しているのだ。

「それで、どうする。成果を持ってきたんだ。答えも決めてきたんだろう。……カバン持ちは卒業して、あっちの仕事をやるか」

「やらせていただきます」

岡村は即答した。

「意外だな」

岩下は眉をひそめた。岡村がまだ尻込みをして、もう一段階、荒療治が必要だと思っていたのかもしれない。このままカタギに戻る可能性も受け入れるつもりだったのだろう。

「……それで、お願いがあります」

岩下の思惑を考えてもしかたがないと思う岡村は、信頼のおける兄貴分をただ素直に見つめた。

椅子に座っている相手を見下ろしているはずなのに、そんな気がまったくしない。

「何だ」

聞き返されて、背筋が凍る気がした。

それを口にしていいのか。本当は自信がない。

だいそれたことだが、今しかチャンスはないと思い直す。浅く息を吸い込んで言った。

「佐和紀さんに、付かせてください」

「……おまえにやれんのか。ケツばっか見て仕事にならねぇんじゃ、あいつの命も危ない」

「デートクラブのシノギのいくらかは、佐和紀さんへ譲られるつもりでしょう。だから、俺を指名したんじゃないんですか」

「決めたのは、支倉だ」

「承認したのは、アニキだ」

はっきりと言い返した。

「……小生意気な目をしやがって。お前があんなに嫌ったヤクザの世界にどっぷりはまって……。正業につけないわけじゃない。わかってたんだろ。ここから先は、ごっこ遊びじゃ済まないぞ」

「自分で選んだ道です。後悔はしません。……だから、岩下周平に預けた俺の命、返してください」

睨みつける勢いで、岩下を見据えた。

まばたきさえできずに眼球が乾いても、耐えて、まぶたを開き続ける。

「佐和紀にくれてやるつもりか」

聞かれて初めて、目を閉じた。

首を左右に振って答えに代えた。

今度はもう、預けたりしないつもりだ。

自分の人生ごと、佐和紀のものでいい。命も、夢も、希望も、すべてを捧げる。返ってくることに、期待なんてしない。

自分の想いのすべてを受け取ってもらえるなら、それだけでいい。

「アニキが岡崎さんに対してやったように、俺は佐和紀さんのために尽くします」

「別に、俺は尽くしてないんだけどな。自分の欲望のために死ぬのはやめて、佐和紀のために死ぬか」

「いいえ。自分の欲のために、あの人のそばで生きます。佐和紀さんが死ぬときまで、俺は死にません」

「……まぁ、順当にいきゃあ、俺が先に死ぬからな」

佐和紀と岩下の年齢差は十歳近くある。寿命を考えなくても、短命なのは自分の方だと言いたいのだろう。でも、佐和紀を先に失いたくない願望も透けてみえる。

「安心して逝ってください」

「言うなぁ、おまえ。五十、六十になった佐和紀でも抱くか」

「求められれば、応《こた》えます」

「その頃には、もっと若いのが控えてんだろ。佐和紀だからな」

年齢を重ねて老いても、あの魅力が揺らぐと思っていないのだ。それには岡村も同意見だった。

「求められれば、か」

岩下は言葉を繰り返す。

「おまえを見てきた兄貴としては、やめとけと言いたいけどな。あいつは、懐に入れた人間の足元も見てくるぞ。いいように転がされて泣くことになっても知らねぇからな」

「……はい」

「転がされたいって顔して……。ったく、あいつも容赦がねぇな。おまえの仇《かたき》は、俺が閨《ねや》の中で取ってやるよ。たっぷりと容赦なく、な」

岩下の目が、淫猥《いんわい》に細められる。匂い立つような欲情の雰囲気に、岡村は思わずごくりと喉《のど》を鳴らす。

責め立てられて泣く佐和紀の妄想が脳裏に深い爪痕を残し、腰の内側がぞくりと熱くなる。

「佐和紀も、おまえが欲しいんだと」

岩下が、忌々しげに言う。

「そのまんまの言い方をするから、こっちは嫉妬に狂わされて、ちょっと度が過ぎた程度のことで怒られた。おまえが広島に連れて逃げた前の日だ」

「逃げてません」

「思いっきり、ヤる気満々の旅程だろうが。いい宿だったたって褒めてたぞ。……ムカつく」

「佐和紀さんには笑われました。アニキと趣味がそっくりだって」

「おまえにはそう言ったかもしれないけどな。俺には、よかったたって言ったんだよ。雰囲気がよかった、って。なんだよ、雰囲気がいいって。そんなところに、俺の舎弟と泊まるか。普通」

「何も、できませんでしたから」

「当たり前だ。あいつが、させるわけないだろう。だいたい、俺以外じゃ勃《た》たないよ。……でも、……穴はあるんだからな」

エグい言い方をした岩下は、苛立った表情のまま、岡村を見上げた。

「あいつは、それをわかってない。おまえはわかってるよな。勃たなきゃ入れられないけど、勃ったものは入るからな。そこんとこ、よく見とけよ？　あいつは、本当に、危なくてどうしようもない」

「繋いでおかないんですか。一緒に連れて出ても、いいじゃないですか」

「外に出さなければケガはしない、か。それができれば、二年前にそうしてる。おまえらを世話係にしたのが間違いだ。監視させておくつもりが、暇つぶしに付き合わせて楽しそうな佐和紀がかわいくてな……。失敗だよな」

苦々しく笑った岩下は、半ば本気でそう思っているらしい。

「今さら閉じ込めても無駄だろう。鎖を引きちぎった上に、とんでもない仕返しをされるのが目に見えてる。あいつ、こわいからなぁ……」

「こわいんですか」

「おまえだって、こわいと思ってるだろう」

まっすぐに同意を求められ、岡村は黙った。

答えを見つけることからして、こわい。

「おまえが犯せなかったんだ。他のくだらないやつらには絶対やらせるな」

今後、そういう手合いが湧いて出ないとも限らない。

岡崎が組長につき、岩下が外へ出れば、少なからず、大所帯の大滝組は揺れることになるのだ。その上、金を持った佐和紀はこおろぎ組に帰る。

佐和紀の見た目に騙され、抱え込もうと目論《もくろ》む輩《やから》は絶対に出てくる。油断すれば、腕の立つ佐和紀でも窮地に立たされるだろう。だからこそ、政治的手腕でもって守る必要がある。

「させませんよ。第一、そんなことになったら、大滝組がつぶれるほどの血の雨が降るじゃないですか」

報復合戦に発展するのも恐ろしいが、傷ついた本人による仕返しが、一番血みどろに違いない。

「そうなんだよなぁ……」

足の上で腕を組んだ岩下が苦笑する。

「するは天国、後は地獄だ」

酷い目に遭うだろう架空の相手を想像した岩下は笑い声を漏らした。その可能性がないとわかっているから笑い飛ばし、天国だけを味わっている自分の幸福に肩を揺らす。

その肩が妙に恨めしく思えて、岡村はこれ見よがしにため息をついた。

「佐和紀さんの不幸を想像して笑わないでください」

「護《まも》るのはおまえの仕事だ。俺の仕事じゃない。でもな……、あいつの道の邪魔はするなよ。好きなようにさせてやれ。そのために、支倉よりも有能にアンテナ張って、先回りして、小さい石ころは全部避けろ。……できるか」

「やります。だから……」

佐和紀の身に不幸が降りかかることなど想像しないで欲しい。

そんな目には絶対に遭わせない。

「自分の男の痴態ぐらい、妄想してもいいだろう。嫌がるときも、あいつはたまらなくいいよ」

「アニキ……ッ」

条件反射のように想像してしまうのが、たまらない。ぎりぎりと奥歯を噛みながら、岡村は猛《たけ》りまくる妄想を必死に押しとどめた。

それは佐和紀への冒瀆《ぼうとく》だと思う。なのに、乱れた浴衣《ゆかた》の裾や、鍛えられた形のいい足が脳裏をよぎってしまう。酔いの回った肌の熱さが指先に甦《よみがえ》り、ぶるっと震えた身体を岩下にじっとりと眺め回される。

「いいよなぁ、シン。俺の知らないあいつが、その頭の中にいるんだもんなぁ」

「なっ……」

がくがくとあごが震え、岡村は片足を思いっきり踏み鳴らして理性を取り戻す。

「アニキは、俺の何倍も……ッ」

「喘《あえ》ぎ声のサンプルは、カーセックスから取得済みだろ？　その頭の中で、ヤリたい放題だ」

「……ぐっ」

「屋敷の中でいたずらするのとは違って、あいつもまさか聞かれてるとは思ってないしな。……なー、シン。男のくせに、股間《こかん》を直撃してくるエロさだろ」

「……知って」

「想像だけで、あんなに硬くできるとは思ってない……。盗聴なら、隣の部屋で聞き耳立てるのとは違う臨場感だろうな。おまえさ、一回、覗かせてやろうか」

からかいだとわかっていても、岡村はたじろいだ。後ずさった足が震える。

「佐和紀は知らない。でも、頭の中で好き勝手に犯されてるってわかってても、おまえがかわいいとか思ってんだから、能天気なんだよな。おまえを横に置いてヤれば、ちょっとは自覚すると思うか？」

「そ、んな……の、そんな……」

「餞別《せんべつ》代わりに、タモツに見せてやってもいいけどな」

「いいわけ、ないですッ！」

デスクに両手をついて、身を乗り出す。叫んだ岡村は、そのままの勢いで肩を激しく上下させた。

「やめてください。アニキがよくても、佐和紀さんがかわいそうだ」

「怒るだろうな」

あっさりと肩をすくめてみせる岩下は、怒った佐和紀の姿も好きだと思っているのだろう。同じように、恥ずかしがる姿も、嫌がる姿も、求めずにいられない貪欲《どんよく》な姿も、愛《いと》おしんでいる。

「俺に惚れられた、あいつが不憫《ふびん》だろう」

笑う岩下は、いつも通りの色悪だ。

性質《たち》が悪くて意地が悪い。なのに、端整な顔立ちは、濃厚な男の色気に溢れている。

純情で一本気な佐和紀が、誰よりも愛している男だ。

それを、今日もまざまざと見せつけられて、岡村は深く傷を負う。これからも何度だって繰り返すだろう。

求める相手はもうすでに誰かを愛していて、自分が入り込む隙間なんて微塵もない。

「佐和紀さんは幸せですよ。自分の惚れた相手に、愛されてるんだから」

「……おまえも、愛されてるよ」

憂いのある大人の顔で、岩下は苦く微笑んだ。

岡村も、人生の苦味をたっぷりと知った顔で、薄く笑う。

「その信頼に応えます」

「成長したよな。慎一郎」

「……思ったところとは、全然違う場所にいますけど」

「それは俺も同じだ。あんな男が俺の人生に待ち構えてるとは思わなかった」

立ち上がった岩下がデスクの前に出てくる。

差し出された右手を、岡村は強く握り返した。

もう片方の手で肩を抱き寄せられ、昔とは違う岩下の匂いに気づいた。あの頃とは別の香水に、葉巻タバコの匂い。そこに淡く混じってるのは、甘い白檀《びゃくだん》の匂いだ。

佐和紀の、匂い。

「おまえの命、返してやる。好きなように生きろ。……佐和紀の補佐は、おまえだ」

岩下の強い口調に、身体の芯《しん》が痺れた。

「期待に応えます」

逃げ続けた一言だ。自分の声を岡村は他人のもののように感じた。でも、いつか馴染《なじ》んでいくのだと思う。

「……夜は、このためか」

天井を見上げた岩下が、深いため息をついた。

会合の後に予定が入っていなかったのは、岡村が仕事を受けると聞いた支倉が祝杯のために調整を入れたからだ。

「しかたないな。佐和紀も呼ぶか？」

尋ねられて、岡村は首を左右に振った。

「いえ。今夜は、昔馴染みだけでお願いします」

「他を呼んで自分が呼ばれないと、拗ねるぞ。時間差にするか……」

佐和紀を気にかける岩下の言葉に、岡村はうなずいた。

砂を噛むような心地の後で、淡い痺れが全身を駆け巡る。

迷いはない。それでも、ずっと背中でかばってくれた男から離れる決意は、感傷を重く引きずっていく。

関係の変化を恐れる自分に、弱音を吐いた石垣の姿を重ね合わせた。お互いにとって、今が正念場だ。

これから先も変わっていくだろう佐和紀の信頼に足る人間でいるためには、迷っても戸惑っても、ときにつまずいても、進んでいくより他にはない。

「誰を呼んで欲しい。田辺と佐和紀は、セットにしたら荒れる原因か？」

宴会のメンバーを相談され、岡村は物思いをそこまでにした。

＊＊＊

夏空の日暮れは遅い。

雲ひとつない青さと日差しの強さを逃れて日陰に停めた車の中は、エアコンがよく効いている。

蟬《せみ》の声を聴きながら、公園の出入り口を眺めていた岡村は、並んで出てくる和服姿の男女に気づいて車を降りた。隣に並んでいる車の窓を叩く。

和服の男女は、佐和紀と京子だ。大滝組若頭・岡崎の妻であり、組長の一人娘でもある京子は、公園内の茶室で週に一回開かれる茶道教室に佐和紀を付き合わせている。

いつもは二人で行って帰ってくるのだが、京子の方に用事があるときは、佐和紀の世話係が迎えの車を出すことになっていた。

「おつかれさまです」

京子を乗せる車から降りてきた構成員とともに最敬礼で迎えると、佐和紀が足を止めた。

涼しげな夏着物で京子を振り返る。

「お気をつけて」

「ありがとう。今夜は遅くなると思うわ」

「わかりました。部屋住みたちにもそう言っておきます」

「よろしくね。岡村もご苦労さま。佐和ちゃんのこと、頼んだわよ」

視線を向けられ、一礼で返した。大滝組の屋敷内を取り仕切る京子は、並みの女性じゃない。外見こそ華やかな美貌だが、派手な化粧も武装のひとつと割り切っている。心の中は芯の通った極道者だ。

「はい」

岡村は明瞭《めいりょう》に答えた。満足げな一瞥《いちべつ》の後で京子は車へ乗り込む。見送った後、佐和紀がくるりと振り向いた。

「喉、渇いたな！　茶店、行くか。タバコ、吸いてぇ」

姉嫁の手前、おとなしくしていた佐和紀の本性がひょっこりと顔を出す。若頭である岡崎のことは、呼び捨てにするほど邪険に扱うくせに、結婚してから世話になっている京子には舎弟分のように従順でいる。

事実、弟嫁なのだが、佐和紀と京子は不思議な仲だ。京子は一方的に佐和紀を見込んでいて、佐和紀の方はそれをよく理解していない。

「どこへ行きますか。この近くなら……」

「タバコを吸えればいいよ」

と言いながら、佐和紀の手がポケットに伸びてくる。ライターを取られて、岡村は苦笑した。

いつのまにかタバコを指に挟んでいた佐和紀が、あっさりと火をつける。喫茶店までも待てず、深く煙を吸い込んだ。

「周平のな」

佐和紀が口を開き、岡村はＵＶカットフィルムを張った窓に映る自分たちへ目を向けた。襟足をすっきりと切り揃えた佐和紀の首元が涼やかだ。そして、並ぶ自分を知らない男のように思った。

佐和紀が返すライターを受け取り、ポケットへ戻す。その仕草を目で追う佐和紀を見ると、綺麗な顔がにやりと笑う。佐和紀はもう一度言った。

「周平の機嫌がいいよ。おまえが決めてから」

「そうですか」

「なんだよ、しれっとしてんな」

「……違いますよ。それほど迷惑をかけてたとは思わなくて」

「迷惑じゃないだろ。心配、かな。あいつ、おまえらのこと、好きだからなぁ」

石垣と、三井。そして、岡村だ。

「田辺が入ってないのが、痛快だな！」

と嬉しそうな佐和紀は、やっぱり宴会で田辺と揉めた。肝心なところではかばい合うくせに、ちょっとしたことでぶつかるのは相性がよほど悪いからだろう。

「俺も、好きだよ。おまえらのこと」

タバコを下げた佐和紀はあっさりと言った。もう片方の手で、自分のうなじを拭《ぬぐ》う。

「暑いですね」

すかさずハンカチを出すと、佐和紀はいつもの無防備さであごを上げた。拭いてくれと言外に求められ、岡村は平然を装って佐和紀の喉を拭う。その肌に小さな痕を見つけると、心はまたちくりと痛んだ。

岩下の機嫌の良さを受け止めるときも、佐和紀は同じように喉をさらしてのけぞるのだろう。そして、無邪気さとは違う期待感を甘く溢れさせ、岩下のことを夢見心地にさせる。

「……好きで、いてください。俺も、好きですから」

ハンカチを握りしめて頭をさげると、佐和紀はタバコを燻らせた。

同じ言葉を口にしても、二人の意図するところはまるで違う。

「おまえを後悔させないように、頑張るつもりだけど……。まぁ、それなりにな、なれるといいけどな」

岡村がそばに付くといっても、佐和紀はまだ『岩下の嫁』でしかない。これから、どうなっていくのかもわからなかった。

「俺さ、よく考えたんだけど、おまえが上に行った方が早いよな。タカシが言ってたよ。

周平があれしたら、岡崎の下に入るんだろ。おまえは執行部に潜り込めるって」

「佐和紀さん」

岡村は語気を強めて、続きを止めた。何を言い出すかはわかっている。見つめ返してくる佐和紀は、おもしろくなさそうに肩をすくめた。

「俺が、おまえの用心棒やったほうが、うまくいくんじゃね？」

せっかく止めたのに、いたずらっぽく笑った佐和紀は続きを口にしてしまう。短くなったタバコを渡され、岡村はコンクリートで火を消してから携帯灰皿に押し込んだ。

「俺のためになんか、何もしないでくださいよ。……正直、佐和紀さんに守られると傷つくんです」

「ひどいな。おまえ」

佐和紀が屈託なく、けらけらっと笑う。

「星花のこともそうですよ」

「そこはおまえ、礼を言うところだ。俺は恩を売ったんだから」

「それは買いますよ。たっぷりと」

間髪入れずに答えると、佐和紀が眉をひそめた。

「俺は単におまえがいないとさびしいから、そばにいろって言ったんだ。そうじゃなきゃ、おまえが、本当に、……死にそうで」

「死にませんよ」

「嘘ばっかり……」

顔を背けてつぶやく佐和紀を、岡村は遠慮なく目で追った。

どうしてそんなに綺麗なのかと思う。細いあごのラインも、きめの整った肌も。勝気な瞳も。

すべてにいちいち、心が震える。

「おまえが死んだら、あいつが……」

それ以上先は聞くまでもない。

だから、手首を摑んだ。

「関係ないでしょう。そこは」

「あ？　ないわけ……」

驚いたように見開かれた目は、すぐにあきれたように細くなる。

「周平の気持ちなんか、どうでもいいか……」

「そうは言ってません」

「……そこんとこは、タモツの方が忠誠心あるよな」

「そんないいものか、どうか。あれは、もっとエグいですよ」

「仲間だろ？」

岡村の手を振りほどいた佐和紀が胸をそらした。

「タモツのことも『好き』なんですか」

「決まってんだろ。タカシのことも、俺は好きだよ」

「……並列にするの、やめてもらえません？」

「は？　へいれつ……横並び、か。……おまえ、ときどき、めんどくさい」

ぷいっと顔を背けた佐和紀が助手席へ回る。岡村は後に続き、助手席のドアを開けた。頭をぶつけないようドア枠を手で押さえる。

「佐和紀さん」

乗り込もうと身をかがめた肩へ向かって声をかけると、

「うっせぇよ。さっさと車出せ、って。俺は氷が食いたい」

佐和紀に睨まれる。呼びかけた続きを岡村が飲み込むと、佐和紀の声が、わずかにだけ柔らかくなった。

「……特別になりたいなら、特別なことしてよ」

「していいんですか」

「バカか。そこじゃないだろ」

「俺は役に立ちますよ」

「はいはい。それは知ってます。周平のお墨付きだもんな。期待してますよー」

「佐和紀さん」

「なんだよ。しつこいんだけど」

また苛立った声にも、岡村は怯《ひる》まなかった。

「好きです」

怒っていても、笑っていても、泣いていても、佐和紀は魅力的だ。

「誤解を生む言い方、するな」

「誤解して欲しいんです」

正確には、身に染みるほど自覚して欲しいと思う。

自分の気持ちと、その本気を。

「……はいはい。はいはい」

面倒そうに佐和紀は繰り返す。それが岡村の好きな男だ。

ある部分では聡《さと》く、ある部分ではひどく無神経で鈍い。

助手席のドアを閉め、岡村は運転席へ回った。シートベルトを着けると、ドアに肘をついた佐和紀がそっけなく言った。

「あんまり、めんどくさいと、周平に言いつけるからな」

どこまで本気なのか、佐和紀はいつものいたずらっぽい瞳で笑う。いまさら周平が恐いわけでもないと言いかけて、岡村は黙った。

そう思わせておくのもいいような気がしたのだ。

佐和紀が『うかつ』でいてくれる方が、岡村にとってはいろいろと都合がいい。

「好き好き言ってくるなら、俺からはもう絶対に、言わねぇからな」

「え……」

「頼りにしてる、とかも、もう言わない。だって、おまえ、すぐそっちに持っていくだろ。もー、ほんと。広島は失敗だったなぁ。あのときまでは、行儀のいい犬だったのに」

「犬って」

ひどい、と言いかけて岡村は口をつぐんだ。言い返す言葉がひとつも見つからないのは、いじめっ子の顔をした佐和紀が意気揚々として朗らかなせいだ。

「なぁ、シン」

何か言えとせっついてくる。その瞳も、意地悪くきらりと光っていた。

「俺が言わなければ、佐和紀さんは言ってくれるんですか」

「……俺のは友情だぞ」

「俺のが、友情じゃないって、わかってるんだ……」

「いちいち言葉にしなくていい。俺はさ、おまえを褒めるよ。周平がしたよりも、もっと、おまえをかわいがってやる」

岩下や岡崎から溺愛《できあい》されている佐和紀が言うと、冗談みたいで笑えた。でも、本人は本気だ。

清楚な美貌だが、佐和紀はいつだって威勢が良くて豪胆で、誰よりも『男』だ。

「行儀のいい犬に戻ります」

宣言させられて、岡村はぐったりとハンドルに上半身を預けた。

そんなつもりはなかったのに、意志に反して口から出た言葉だ。

「だなー。それがいいなー」

ノンキな声でひひひと笑った佐和紀の手が伸びてきて、襟足を指先で乱される。背筋に痺れが走り、岡村は身をすくめた。

「俺、おまえのそういうところ、すごい『好き』だな」

からかわないでくれとは言えなかった。

岡村はされるに任せて、ハンドルにもたれたまま佐和紀を振り向く。『狂犬』と異名を取ったその人は、こちらが牙《きば》を見せない限り、じゃれ合いを好む子犬のようだ。

佐和紀に好きと言われた岡村の心は、不本意ながらも満たされる。一方で、満たされない欲情の部分はぐるぐる渦を巻いていたが、それでもなお幸福になれる。

自分を『ドM』だと罵る田辺の声が聞こえた気がしたが、心の中で笑い飛ばした。

佐和紀には勝てない。一生かかっても、きっと、勝てない。

それでいいのだと、繰り返す。

負け続け、挑み続けて、永遠にそばにいる。

もし死ぬとしても、それはもう、この恋のためじゃない。

「佐和紀さん。俺、死んだりしませんよ」

「ん？」

岡村の襟足を摘《つま》んでは引っ張っていた佐和紀が小首を傾げる。

「あなたとヤれたら死んでもいいなんて、思ってませんから」

「あぁ、そうなの？　それはよかった」

「俺の命は、佐和紀さんが使ってください」

「ん……？」

「あなたが死ねと言えば、それがどんなくだらないことのためでも、俺は喜んで死にます。見返りは必要ないんです」

佐和紀の手が離れ、岡村は背筋を伸ばした。

「あ、そう……、そうなんだ」

言葉の真意を摑もうとした佐和紀の表情が引きつる。怯えているように見えるのは、真実、そう感じてるからだろう。

ずっとチンピラだった男だ。人のために自分の命を投げ出したいと志望しても、人の命を預かるなんて考えたこともなかっただろう。

生まれて初めてなのかもしれない、と岡村は思った。

知らず知らずのうちに命を懸けられたことがあっても、預けると言われた命を真っ向から受け取ったことはないのだ。

「死ぬなと言われれば死にませんから。俺の生き死には、今後、あなた次第です。佐和紀さん」

「重い……」

ぼそりとつぶやいた率直すぎる感想に、岡村は思わず笑った。

それでも、きっと、佐和紀はこれからたくさんの命を預かるだろう。今までとは違う惚れ方をされ、慕ってくる男たちの命をことごとく受け止めていくのだ。

佐和紀の『旦那』である岩下は、それを望んでいる。

自分の『嫁』である男が、そうやって本当の意味での男になることを否定しない。

男同士だからというだけじゃなく、それぞれを別の個性を持つ人間であることを尊重し合っているのだ。二人はときに背中合わせになり、ときに肩を並べ、ただ手を繋ぎ、互いの体温だけを分け合う。そういう生き方を理想としている。

そんな夫婦の仲を裂くなんて無理な話だ。

「俺のために使う場面なんか、出てこないと思うけどなぁ」

佐和紀がぼやく。

「おまえがサカって墓穴掘るとこしか想像できねぇんだもん」

「……掘ってもいいですよ。俺は。佐和紀さんが望んでくれれば」

「あ？　なに、それ。……え？　そういうこと？」

「そういうことも含めての、預けた命ですから。アニキにあてつけたくなったら、いつでもどうぞ」

「やっぱ、おまえ、バカじゃねぇか……。ないよ、そんなこと。あいつが勃たなくなって、物足りなくても……ない」

「……今、何を想像したんですか」

岡村の問いに、佐和紀が赤面した。耳まで真っ赤になって身を引き、町娘のような仕草で両袖を顔に押し当てる。

「指、ですか」

「ぶっ殺すぞ」

袖からちらりと見えた目に、殺気が宿る。

岡村はぞくっと震える背筋の感覚を持て余した。

恐怖ゆえなのに、やっぱりどこか性的だ。獲物にされたいと思いながら、車のシフトノブをバックに入れて、車を静かに動かした。

「暑いですね。氷、食べに行きましょう」

「てめぇは暑くねぇだろ」

わざと口汚く言う佐和紀は、まだ袖に顔を埋めたままだ。深呼吸を繰り返すのを聞きながら、岡村はハンドルを操作する。

そして、公園の駐車場から出て、右に曲がりながら言った。

「佐和紀さん。俺、スポーツカー、買います」

「え！　マジで！　何、買う？」

予想通り、佐和紀がパッと顔をあげる。まだ赤みの残る肌と羞恥《しゅうち》で潤んだ目元を見た岡村は、さりげなく視線をそらした。

夏の午後の日差しが弾《はじ》ける道に向かい、どうにもならない恋を、胸の奥深くに沈める。

それに囚《とら》われることを、やっぱり不幸だとは思わなかった。

人間らしさの根源を、ただありのままに受け止めて生きる。この片想いは、それだけのことだった。

恋模様

三井《みつい》には夏が似合う。長く伸ばした髪を後ろでひとつに結び、派手なアロハシャツを着た舎弟は、クリームソーダのアイスをロングスプーンでしきりと沈ませる。

パキッとした緑色の炭酸ジュースの泡が弾《はじ》けた。

冷房のよく効いている街角の喫茶店は常連客がまばらに席を埋めているだけだ。年寄りの客が多く、誰《だれ》もが新聞を開いている。

「今年も海に通うつもりか？」

薄い経済情報誌をテーブルに投げた周平《しゅうへい》が声をかけると、コミック雑誌に飽きて手持ちぶさたにしていた三井が顔をあげた。

仕草がまるで子犬のようだ。出会ったときはもう少し尖《とが》っていた。暴走族のリーダーとして不良たちを束ね、大人には侮られまいと意気がっていたからだ。

リーダータイプじゃない三井にとっては、重荷でしかない立場だっただろう。友人のトラブルに巻き込まれ、憔悴《しょうすい》しきったところを拾ってやったのは、川で溺《おぼ》れた子犬が憐《あわ》れに見えるのとなんら変わりはない。

「姐《あね》さん次第ですけど、目立つからなー……。俺はイヤだなー」

ぶつぶつ言いながら、アイスをつつき回す。佐和紀《さわき》が現れるまでは大人ぶってコーヒーばかり飲んでいたくせに、この頃は周平の前でもクリームソーダを頼むようになった。

「女をあてがうなよ？」

「俺はしませんよ……ッ！」

ぎょっとしたように目を丸くしたが、その点では世話係の中で一番危険な男だ。石垣《いしがき》や岡村《おかむら》のような惚《ほ》れ方をしない反面、童貞のまま周平の嫁になった佐和紀に同情を寄せている。

放っておくと、こっそりセクキャバやおっぱいパブに連れていき、あれこれと余計なことを教えてくる始末だ。その程度のことに嫉妬《しっと》したりはしないが、女の胸をいじる佐和紀を想像すると、周平はたちまちエロモードに入ってしまう。

女とヤリたいわけじゃないのに胸の膨らみを揉《も》みしだくのは好きだなんて、清楚《せいそ》な顔に似合わなくてたまらない。

「あいつが童貞を切ってきたら、俺にはわかるからな」

釘《くぎ》を刺すと、三井の目がふらふらと泳ぐ。考えなくもないのだろう。機会があれば女を教えてやろうと思っているのは、三井の生温かい友情だ。周平が怒るとわかっていても、肝心なところで忘れてしまう三井のバカさ加減は愛嬌《あいきょう》だ。

「やっぱり、わかるんですか……」

「女を抱きたいなら俺が用意する。おまえが気を回すことじゃない」

「いや、でも……」

言い淀《よど》んだ顔でちらりと周平を見た。

「……アニキ、それを見るつもりでしょ。いくらなんでも」

変態すぎるとは口に出さず、三井はへらっと笑った。

「まー、あれですよね。それなら、姐さんもヤるのかもしれないですよね。……できれば、男じゃなくて、女で切らせてやってくださいよ」

「女の方がよくなったらどうするんだ」

「まっさかー。そんなことあるわけないし。いまさら女とヤるなんて、人生経験を積む程度のことじゃないッスか」

「あいつに女を教えたら、とんでもないことになる……」

含み笑いで肩を揺らしながら、周平はコーヒーを口に運んだ。

周平に抱かれることで色気過多になっている佐和紀が女を覚えたら、性的魅力の振り撒《ま》き方は半端じゃなくなるだろう。無自覚なのも問題だが、作為的なのはもっと始末に負えない。

同じ想像に行きついたらしい三井は、小さく叫んで頭を抱えた。

「エロさが控えめになると思ったんスけど……、ならないっぽい」

「……人の嫁を、そういう目で見るなよ」

「え！　今、それを言います？」

「想像してるんだろ？　あいつが何をされて……」

「いやいやいやいや！　俺はタモッちゃんたちとは違いますから！　俺は単に、佐和……姐さんが、いろいろ持て余したらかわいそうだなって……。なんていうか……」

「何を持て余すんだ」

「……男の欲望？」

「俺で晴らしてるだろ」

「ええー……」

それは違うと言いたげに、三井は眉《まゆ》をひそめた。

抱かれる立場の佐和紀が、男としてのセックスを楽しんでいないと思っているのだ。男に抱かれたことのない三井には想像できないかもしれないが、と思い、自分だってバージンだと思い直す。自分がされるぐらいなら、女のアナルを開発している方がマシだったからだ。

「おまえ、前立腺《ぜんりつせん》されるの、好きか」

いきなりの質問に、三井がむせた。

「いってぇ！　鼻に入ったッ！　な、な、なにを聞くんですか。いきなりすぎんじゃないッスか。びっくりする！」

「前立腺こすられて出してればスッキリするだろ」

「しらっとスゴイこと言わないでもらえますかぁー」

何年も一緒にいるのに、いまだにドギマギと視線を泳がせる。

「アニキ、ただでさえエロいんだから。やめてくださいよ」

ぶつくさ言って、テーブルに備え付けられた紙ナフキンで鼻をかむ。

「俺がおまえに指を突っ込んだら、浮気かな」

「だから、やめてください。冗談は。いまさら、絶対にイヤなんで！」

「してやったことあったな」

「な、な、ないッショ!!　だぁから！　真っ昼間の茶店《サテン》でやめてくださいって。そんなことあったら、忘れるわけないし……ッ」

「夜に話したら、雰囲気ありすぎるだろ？」

「話題に出さなきゃいいんです。っていうか、姐さんとそっくり……。あれ、どっちが似てるんだろ」

ハタと気づいた三井が首を傾《かし》げる。

「姐さんの顔でアニキみたいなこと言われんのも、本当に困るんですよ。……シンさんだって、またいつおかしくなるか……」

「あいつこそ、晴らした方がいい欲望があるだろ」

大人ぶった顔をしながら、実はやんちゃで野心家な岡村を思い出す。考えて考えて、理性的であるようなふりをして、パチンと弾けてしまう男だ。

開き直ったら強いが、破滅的なところもある。周平が心配しているのは、佐和紀とどうこうなってしまうということだけじゃない。

「あれは、姐さんも悪いんですって。タモッちゃんにはしないのに、シンさんにはちょっかいかけるから」

「反応がおもしろいんだろう。タモツはしらっとしてるからな」

「……萌《も》え転がってますけど」

「あぁ、そうか……」

ふっと細めた目つきが不穏だったのか、三井が慌てて腕を振り回した。

「タモッちゃんは、シンさんみたいな度胸はないですから。あいつは、ここってときも理性のあるお坊ちゃんだし」

「道徳観があるからな」

「よくわかんないけど」

「佐和紀は俺が止めても無理だ。わかってるだろ？　自覚がないんだ」

「アニキが止めてくれないと、誰も止められません……」

「そのうち落としどころが見つかる」

「本当かなぁ」

うろんげな視線になった三井がしきりと首をひねる。

誰にとっての落としどころだろうかと、周平はコーヒーの香りに目を細めた。

喫茶店のドアベルが鳴り、三井が屈託なく手を挙げた。合流したのは石垣だ。相変わらずな金髪にギラギラしたチェーンネックレス。白地に青い小花がプリントされたシャツは絶妙にチンピラめいている。

周平に挨拶《あいさつ》をして三井の隣に座り、クリームソーダをちらりと見た。おしぼりを持ってきたウェイトレスにアイスコーヒーを頼む。

「今日は暑いですね」

額の汗を凍らせたおしぼりで拭《ぬぐ》い、石垣は一息つく。

「タモッちゃん、歩いてきたの？」

三井に聞かれ、

「電車に乗ってきた」

うなずきながらクリームソーダに手を伸ばす。奪ったスプーンでアイスをごっそりとすくいあげた。

「あ、ひでぇ」

「アイス追加すればいいだろ」

「できんの？」

「別で頼んで乗せればいいだけ」

「あったま、いぃー」

「あったま、わりぃー」

けらけらっと笑われ、三井が鼻の頭にしわを寄せる。

「本当のことは言っちゃいけないんだぞ！」

「知るかっつーの」

二人揃《そろ》うとまるで子犬のポルカだ。じゃれ合いはなかなか収まらない。周平は目を細めてタバコを取り出した。石垣がサッと動いて、ライターの火をつける。

「シンさんは覚悟決めたんですね」

「おまえと一緒だ。モラトリアムは満喫しただろう」

「あれが、自我同一性の確立と言えるかどうか……」

「おまえが確認する必要はない」

「人のことは言えないってことですか？」

「俺にもわかる言葉で話してくれよ～」

三井が石垣の腕を摑《つか》んで揺さぶる。

「タモツもシンも、今のステージはクリアしたってことだ」

タバコの煙を吐き出して言うと、三井はむすっとした表情で石垣を見た。

「アメリカで何するんだよ」

「金髪美人をコマすに決まってんだろ」

卑猥《ひわい》な手つきでにやっと笑った石垣の表情には、冗談を言わずにはいられない本心が透けている。

「俺、外人はイヤだなぁ」

友人の気苦労など知りもしない三井はぼんやりと言った。石垣の頼んだアイスコーヒーが届く。

周平は三井に向かって視線を送る。

「タカシは結婚でもしたらどうだ。日本人と。おまえのツレは子持ちも多いだろ」

「結婚ッスか」

ぼそりと答えた三井を、石垣が横目で見た。

「まぁ、ガキはかわいいと思うけど……、嫁って怖いじゃないッスか」

「……」

石垣の目がすっと細くなる。周平は笑い飛ばし、灰皿へとタバコを休ませた。

「大事にすれば、優しくもしてくれる」

「そうかなー……。女って、優しくした分、つけあがる気がするんですけど」

三井がぼやき、石垣はいっそう苦々しく目を細める。周平が視線を向けると、ぱっと眉根を開いた。

「シンさんには勧めないいんですか。結婚。年齢からいえば、一番の適齢期だと思うんですけど」

「人には向き不向きがあるだろ。おまえだって、していいんだぞ。男でも女でも好きな方を選べよ」

「……佐和紀さんほどの人がいたら考えます」

「それ、言うかなー……」

三井がソファーに沈む。

「佐和紀のどこがいい」

切り返した周平に、三井がむくっと起き上がった。くるっと振り向いた顔を石垣が手のひらで邪険に追い払う。

「迷わないところです」

ぜんぶだと言わないのが石垣の利口なところだ。でも、佐和紀だってたくさん迷っている。決断力はあるが、脊髄《せきずい》反射で動いて問題を起こすことも多い。家出したり、チンピラとケンカしたり、子どものような行動を繰り返している。

周平がそう言うと、石垣は軽く肩をすくめた。

「でも、思いきりがいいのは憧《あこが》れますよ。やってみてダメならやり直せばいいって、そう言うじゃないですか。強いと思います。だから、佐和紀さんみたいな人が支えてくれるなら、俺も結婚します」

「タカシはどんな女と結婚したいんだ」

周平に話を振られ、

「おっぱいの大きい子ッ」

無邪気な舎弟は即答する。

「バカの子……」

石垣がうんざりとした表情を浮かべ、周平も肩をすくめた。

そこが最大の魅力で最大の欠点だ。

「タモツ。佐和紀みたいな男なんて、どこにもいないぞ」

「……じゃあ、佐和紀さんがいいです」

「だからさ、タモッちゃん。それ、ケンカ売ってるから……」

「ケンカなんか売ってません。外に出るからには、求めてもらえる男になって帰ってきますから」

真っ向勝負の宣戦布告に、周平は眩《まぶ》しさを感じて目を細める。

「おまえが正直に口説いて、佐和紀がいいって言うなら二号にでもなんにでもしてもらえよ」

「アニキ～。タモッちゃん、本気にしますからぁ～」

二人の間に立っておどおどする三井の耳を、石垣は腹立ちまぎれの仕草でぎりりと引っ張った。

「絶対にないってわかってるから言ってんだよ。佐和紀さんが愛人なんて作るわけない」

そういうところも石垣が惚れてしまった理由なのだろう。

「タカシ。タモツはな、そういう佐和紀にクスリを仕込んでしまいそうな自分が怖いから、外に出るんだ。……わかってやれよ」

「あー……、それぇー……」

非難がましい目をして、三井がソファーの上を後ずさる。

「なに言ってんですか。やめてくださいよ。こいつ、すぐに告げ口するんですから！　だいたい、するわけがないし」

「そういうとこ、俺ら、ヘタレだもんな」

そこに岡村も含んで、三井が肩を揺らした。笑い声を聞いた石垣が不満そうにくちびるを曲げ、周平は三井に向かって言う。

「そういうおまえは、結婚と妊娠とどっちが先になるだろうな。うまくやらないと、佐和紀の逆鱗《げきりん》に触れるぞ」

「……いまどき、デキ婚でキレられても……」

三井が重いため息をつく。

「佐和紀さんが赤ちゃんをあやしている姿は見てみたいです」

不思議なところで素直な石垣がぼんやりとつぶやき、周平は黙ってコーヒーを飲んだ。

＊＊＊

たとえ佐和紀が女でも、すぐに子どもを産んで欲しいとは思わない。そもそも、子どもができないとわかっているから選んだような相手だ。

周平は自分の遺伝子に興味がないし、佐和紀もそれほど子どもが好きじゃない。夫婦だから子どもを育てるのが当然だと言われれば請け負ってもかまわないが、所詮《しょせん》は男夫婦だ。

「だから、な。シンは大丈夫だって言っただろ？」

自信満々に言った佐和紀は、無防備に膝《ひざ》を抱き寄せた。

寝間着の浴衣《ゆかた》が乱れ、形のいい膝頭が剝《む》き出しになる。

それをちらりとだけ見て、周平はタバコを吸いながら外へ視線を向けた。寝室の縁側にある庭は狭い。ちょっとした坪庭だ。冬は椿《つばき》の花が咲き、木の下に落ちるのを雪見障子から眺められる。夏は花よりも下草の緑が美しい。

どこからともなく甘い匂《にお》いが漂ってくるのは、屋敷の敷地内に咲く、くちなしの花だ。灯《あか》りを落とした部屋は枕元《まくらもと》の行灯《あんどん》だけが仄明《ほのあか》るく、夏夜のしっとりとした雰囲気を作り上げている。この離れが誰のために作られたのかを周平たちは知らない。だが、一番古い離れだ。

「なぁ、聞いてる？」

不満げな佐和紀に顔を覗《のぞ》き込まれ、周平はわざと視線をそらした。

冷たい態度の苦手な佐和紀が、周平の袖を摘《つま》む。

「周平……」

今夜は周平も浴衣が寝間着だ。タバコの煙を吐き出し、振り向かずに答える。

「おまえが言ったから『大丈夫』になったんだ。あいつ自身がそうだったわけじゃない」

「どういうこと？」

「あいつをどうにかしたのは、おまえだってことだ。そうだろう？」

「説得はした……。だって、俺なんかにつまずくのは、もったいないじゃん」

「『俺なんか』じゃないだろ？」

タバコを消して、言い聞かせるように顔を覗き込むと、真摯《しんし》なまなざしがうっとりとして和らぐ。周平の言葉は右から左だ。

そういうところがいっそうかわいくて、指先の関節で佐和紀の頬《ほお》を撫《な》でる。首元をくすぐられた犬猫のように目を細める仕草は素直に甘えている証拠だ。そして周平だけのものだった。他の誰も見たことがない。

　こみ上げる愛《いと》しさの中に、ひれ伏したいほどの幸福感を覚え、周平もまた誰にも見せない顔で微笑《ほほえ》む。

　セックスするとわかっているから、脱ぎ着しやすい浴衣を選ぶ。枕元にはローションやコンドームも揃えられている。そんな日常の合理性が優先されるのが結婚だ。付き合いたての恋人同士のような非日常さはまるでなかった。

　だから、新鮮な恋愛感情が保たれることは難しいはずだ。周平たちもそれは同じだった。風呂《ふろ》に入り、ビールを飲んで、タバコを吸って。横に並んで座っても、何が特別ということもない。

　なのに、周平たちはいまだに特別な時間を生きている。

　並んで座り、くだらない冗談や人の悪口を言い合い、明日の天気の話をする。明日もこの時間が繰り返されると思うとき、周平の胸の奥は柔らかく痺《しび》れていく。

　激しさのない情欲が募り、佐和紀を真綿に包んでしまいたくなる。ただひたすらに気持ちいいだけの愛情を与えたくて、それがどういうものであるのかを、ひたすらに考える一瞬だ。

「そんなおまえに惚れてる男の身にもなれよ」

頬を撫でながら、自分を卑下する佐和紀に苦笑いする。

「シンのあれはさぁ……おまえの女だと思うからだって、そう言ってんじゃん」

佐和紀はめんどくさそうに片目を細めた。

どれほど説明しても、岡村が本気で好きなことを理解しない。『本気』がわからないのだろう。周平との関係が初恋も同然の男だ。二人の間にある感情が『恋』だとしたら、他の感情は不正解だと思っているし、そもそも周平以外の人間に興味がない。

だから、岡村たちからの感情や欲望も、周平への対抗意識ゆえだと自己完結している。相手にするしない以前に、岡村たちの気持ちはねじ曲がって伝わっているわけだから、かわいそうになってくる。

「そんなこと言って、キスされたらどうするんだ」

指先でくちびるをなぞると、佐和紀の目がわずかに潤んだ。

「……前歯折ってやるからいい」

「何もよくない」

綺麗《きれい》な顔だちに似合わない言葉だ。思わず失笑すると、佐和紀は拗《す》ねたようにくちびるを尖らせた。

「犬とするようなもんだろ」

「してやるつもりか？」

「そういうことじゃなくて」

「おまえにとってはペットにしてやるぐらいのことでも、された方はどんな気持ちになると思う」

「周平は、俺とシンと、どっちの味方なんだよ」

きりっとした視線が鋭いところを突いてくる。

感情の種類は違うが、岡村はかわいい弟分だ。佐和紀が現れなければ、自分が組を抜けるタイミングでカタギに戻してやるつもりでいた。

でも、それはもう叶《かな》わない。佐和紀が現れ、岡村は変わった。

ずっと同じ場所にいて、誰かの指示を待っているだけの男は、迷いながらでも道を探そうとするようになったのだ。変化が始まれば、止まらない。

「おまえにもてあそばれる舎弟の不幸を思うと、申し訳なさでいっぱいだな……。俺が抱かなければ、こんなにも魅力的にはならなかっただろう」

「……しょってんなよ」

そっぽを向きながらも、佐和紀は頬を染めてうつむいた。

バランスのいい整った顔だちだ。昔から人目を引く容姿だったと聞く。でも、性的な魅力はそれほどでもなかったらしい。

証言者は佐和紀の元兄貴分でもある岡崎だ。初心《うぶ》で童貞で処女で、愛することにも愛されることにも興味がなかった男を、周りのヤクザたちは天然記念物を守るように扱っていたのだろう。佐和紀の持つ処女性には、不思議と侵しがたい聖性がある。

周平がそれをものともしなかったのは、ヤクザよりもなお非道で鬼畜だっただけのことだ。見た目は色男でも、夢も希望も捨てて生きてきた。

あの冬の日、この寝室の雪見障子のそばで眠りこける佐和紀を見るまでは。

そして、周平が大事に大事に抱いた佐和紀は、花を散らされるどころか、硬い蕾《つぼみ》がほころぶように『開花』した。その結果、佐和紀の親分である松浦《まつうら》さえ手元に戻そうと泡食ったのだ。

本人に自覚はなさそうだが、嫉妬ゆえの行動だったと周平は推測している。

松浦に佐和紀が口説けるとは思わないし、一途《いちず》な佐和紀が周平以外の男に身を任せるはずがない。寝食を共にしてきた仲ならわかりそうなものだ。それでも松浦は佐和紀の変化を恐れ、少しでも早く周平から引き離したいと焦ったのだ。

「おまえに触れていいのは、俺だけだろう……？　佐和紀……」

あごの下を指先でそっと撫で上げると、佐和紀の目がちらりと向いた。欲情が淡く差し込んだ色っぽさを、周平は自分だけのものだと確信して眺める。

「ん……」

顔を近づけた周平へと、佐和紀はわずかに伸び上がった。くちびるが触れ合い、もたれかかってくる身体《からだ》を抱きとめる。佐和紀が摘んでいるタバコを取り上げ、灰皿で消した。

「俺が抱いてるから、おまえに価値があるわけじゃない」

「……んっ、ぁ……んっ」

キスより先に話して聞かせようと思うのだが、周平のくちびるも止まれなかった。腰に腕を回し、あぐらの上に引き寄せる。

乱れた浴衣の裾《すそ》に手を入れ、なめらかな肌をまさぐった。指先が触れるだけで、佐和紀の身体は繊細に震える。

「あっ……はぁっ、ぅ……ッ」

ぬるりと舌が触れ合い、佐和紀の腰が跳ねる。ボクサーパンツの裾から指を忍ばせると、佐和紀が嫌がるように身をよじった。

「脱がないと……汚れる」

「出してやるよ」

裾から摑み出そうとした手を押さえられた。

「ヤダって……、脱ぐから」

後ずさって逃げていこうとするのを追いかけ、首の後ろを引き寄せる。音を立ててキスを繰り返し、布地の上から半勃《はんだ》ちの股間《こかん》を押さえた。根元から撫で上げ、先端を探す。

「もう濡《ぬ》れてるんだろ？　恥ずかしいシミがすぐにつきそうだ」

「ばッ、ばかッ……」

薄暗い中でも赤くなったのがわかる表情で、佐和紀は足をばたつかせて逃げる。おもむろに自分のパンツをおろした。

言葉責めにされるぐらいならと思ったのだろう。さっさと脱いで浴衣の袖に押し込み、縁側のガラス戸を閉める。

躊躇《ちゅうちょ》なく布団の上に移動すると、枕元に置かれたリモコンでクーラーを稼働させた。周平が振り向くのを待って佐和紀は浴衣の帯を解く。おおざっぱに見えるのが、恥じらいの裏返しに見えていやらしい。

「そんなにしたいのか？」

意地悪い言葉が口をつく。脱ごうとして衿《えり》を握りしめていた佐和紀は、ハッと息を呑《の》んだ。合わせを再び深く重ねてしまう。

「だって、するんだろ……」

「おまえが逃げたせいで、ムードが台無しだ」

「……俺のせいかよ」

「そうだ。だから……、誘ってくれ。佐和紀」

「え。それは、無理……」

「じゃあ、このまま寝るか？　朝まで優しく抱っこしてやる」

両手をそっと差し伸ばすと、佐和紀の顔が歪む。子どもにするような愛情表現も嫌いじゃないが、下着を脱いだ下半身は大人の関係を待っているのだ。

「周平だって……、我慢できんのかよ」

睨《にら》み据えてくる目の鋭さに、周平の胸の奥がズキリと疼《うず》く。腰に来るほどの欲情を嚙《か》みしめながら、平然を装って笑いかけた。

恋愛中の駆け引きだ。どうせ負けると知っていて、それでもじゃれ合いたくてやめられない。

「おまえは我慢できないわけだ……」

浴衣の裾をさばいて立ち上がると、戸惑った佐和紀の目が動きを追う。

「『周平だって』って言っただろ？　それは、おまえも我慢できないってことだ」

「そんなの、言ってない」

「言ってくれよ。我慢できない、って。ねんねの抱っこはセックスの後がいい、って」

二つ並んだ布団の、縁側寄り。佐和紀の前に片膝をついた。

「……しなくったって、いい」

拗ねた佐和紀が強情を張る。かすかに膨らんだ頰のあどけなさに、周平は我慢しきれずに手を伸ばした。

「それはさびしいな、佐和紀。おまえが誰のものなのか。その身体で教えてくれないと、俺だって不安になりそうだ」

「……おまえしか好きじゃない」

それは事実だ。疑ってもいない。

佐和紀がどんなに岡村の気持ちを逆撫でしても、色めいた言動で惑わしても、それは新しく覚えた『遊び』に過ぎない。じゃれ合いの度が過ぎたら、佐和紀は容赦なく相手をぶちのめすに決まっている。

「……誘った」

これでいいだろと言いたげな佐和紀の視線に、周平は小首を傾げる。どこに艶《つや》っぽい誘いがあったのかと、見つめ返しながら考えた。しなくてもいいと言ったばかりだ。

「佐和紀……。我慢できないんだろ？」

怒ったような佐和紀の表情が薄明かりの中で淡く染まる。こくんとうなずいたのを見て、「好き」と言ったのが誘いだったと気づく。たったそれだけのことで許されると思っているのだ。

もっといやらしい言葉も誘い方も知っているはずなのに、佐和紀はときどきすっかりと忘れてしまう。

「俺がいじってもいいんだな？」

「……周平が、いい」

「中に入れても？」

「……うん」

答えるごとに、視線から鋭さが消えていく。代わりに浮かんでくるのは淡い性欲だ。周平をまっすぐに見つめ、これまでの行為を思い出しているかのように瞳《ひとみ》が潤む。

艶《なま》めかしい仕草も卑猥な言葉もかなりの威力だが、狙《ねら》っていない初心さはいろんなものを飛び越えて、周平の深い場所にぐっとくる。

「いやらしく、したくなる……」

頬を撫でると、佐和紀は静かに目を閉じた。周平はなおもささやく。

「いいよな。佐和紀。俺にならら、見せてくれるだろ？」

甘い声に震えた佐和紀は、うっとりとしながらくちびるを噛んだ。傷がつかないうちに指先で止めて、代わりにキスを与えた。

「んっ……んっ。はっ……ん」

浴衣に袖を通させたままで、感じやすい肌をひと通り撫でる。キスをしながら膝立ちにさせて、柔らかな尻《しり》の肉を揉みしだいた。身体をよじらせる動きと、周平の頭を抱き寄せたがる仕草で、胸をいじられたいことはわかったが、あえて素知らぬふりをする。

「……周平。して」

言われて初めて吸いつくと、佐和紀はぞくぞくっと素直に身を震わせた。

「きも、ちっ……いっ……んんっ」

ぷくりと立ち上がった乳首をいじり始めると、佐和紀の指が髪にもぐる。ねだるように髪を摑まれ、周平の方が夢中になりかけた。なめらかな肌とほどよくついた胸筋。薄くない身体はよじれるたびに艶めかしい。

ローションを引き寄せ、仰向けに寝かせた佐和紀の足を開かせる。濡らした指を性器の下にあてがうと、熱い手のひらに手首を摑まれた。

「どうした？」

いじめたわけでもなければ、焦《じ》らしてもいない。嫌がられる覚えはなかった。

答えが返らない代わりに、佐和紀の手が動いた。引き寄せる仕草に応《こた》え、指先ですぼまりを撫でて差し込む。

「んっ……」

と息を詰めた佐和紀のそこは、いつもよりも閉じている。でも、久しぶりのセックスでもない。すぐにほどけていいはずだ。

「ゆっくり、ほぐしてやるから」

奥まで入れず、浅い場所で出し入れすると、佐和紀はのけぞるように息を吸った。

感じすぎるのが恐《こわ》くて手首を握ってきたのだ。挿入の深さをコントロールしたかったのだろう。

そんな佐和紀の腰は、少し指を曲げただけでぶるっと震えた。吸いつくように締まる。そのきつさを下半身で感じるのだと思うと、周平の腰も焦れた。手早くする技は持っている。性急な繋《つな》がりでも痛みを与えず気持ちよくさせる自信もある。

けれど、爪《つめ》の先でいじられる程度の感覚にも息を乱す佐和紀に心を摑まれ、身勝手はできなかった。処女を抱いてもこんな気持ちにならないと思いながら、周平はじっくりと指を動かした。焦らしすぎない程度に感じさせて、緊張がほぐれるのを待つ。

「はっ、ふ……ぅ……んっ」

浅い場所がほぐれ、佐和紀の声に緊張がなくなってから指を増やした。奥は探らずに、たっぷりとローションを足していく。

「はぁっ……ん、んっ」

周平の手首を摑んでいる指が肌を掻《か》く。求められるままに内壁をぐるっと撫でた。

「あっ、んっ……」

踵《かかと》がシーツの上をすべり、片膝を立てた周平の足に触れる。たったそれだけのことで、周平の股間はいきり立った。

冷静な気分で佐和紀を眺めていたわけじゃない。純な反応にほのぼのとはしたが、やっぱりセックスだ。

意気がっていてもさびしがりな狂犬を、今夜も自分だけのものにできるのかと思うと、たまらないほどの肉欲が燃える。

貪《むさぼ》りつきたい気分になって、腰を摑んだ。

ローションをまぶした昂《たか》ぶりを陰部に押し当てる。ぐっと肉を押すと、

「しゅう、へ……」

甘い声に呼ばれ、荒々しく猛《たけ》った欲望がなだめられた。

差し伸ばされる手に上半身を傾けながら、周平はゆっくりと腰を進めていく。

抱き止める腕と同じように、佐和紀のすぼまりは先端を柔らかく受け止める。こじ開けるように腰を動かして突くと、目元をしかめずにいられないほどの窮屈さに包まれ、周平はゆっくりと息を吐き出した。奥まで貫きたいと逸《はや》る気持ちを抑え、佐和紀の両足を肩に担いだ。

「身体を起こしてくれ」

両足を抱き寄せながら頼むと、佐和紀は後ろ手に身体を支え起こした。顔の位置が近くなる。

「こんな、格好……ッ」

「やらしいだろ?」

聞き返しながら、黙って従ったことを後悔している佐和紀の腰を引き寄せた。

二人が繋がっている場所の位置がぴったりと合い、楔《くさび》がぬめった内壁を掻き分けた。先

端が入れば、窮屈な沼地を進むのに問題はない。

「おまえの股間がよく見える」

根元まで入れなくても、硬いものは深々と刺さっている。佐和紀は浅い息を繰り返し、自分の身体をちらりと見て目元を歪《ゆが》めた。

「ぁ……くっ、……やだ……」

佐和紀からも見えるはずだ。内側から刺激された性器は立ち上がり、腹につきそうなほど反り返っている。

「綺麗だ」

真面目《まじめ》な顔でささやくと、佐和紀の肌が熱くなる。周平を包んだ肉襞《にくひだ》もぎゅっと締まり、逃れようとする腰を引き寄せるだけで刺激が強くなった。

「あ、んっ……」

いつもとは違う角度でこすれた快感に、佐和紀はまばたきを繰り返す。

「いいよ、佐和紀。動かしたいようにすればいい」

掴んだ腰を引き寄せて促すと、佐和紀はぶんぶんと髪を振り乱した。

「でき、ない……っ」

「じゃあ、手伝ってやる」

腰を引き寄せるのと同時にくいっと突くと、佐和紀がぎゅっと目を閉じる。肌がふるふるっと繊細に震え、中はいっそう熱くなる。

「や、だ……」

「気持ちよくなっちゃう？」

わざとふざけた言葉で煽《あお》る。佐和紀は怒りもせず、こくんとうなずいた。

「なっ、ちゃ……う……。はぁ、ぅ……ん」

大きな動きはできない体位だ。その代わり、腰を引き寄せれば深く繋がれるし、佐和紀の腰の動きがダイレクトに味わえる。

あぐら状態で佐和紀の腰を足に乗せた周平は、くいっ、くいっ、と腰を動かした。ストロークの短い動きだが、その分、露骨でいやらしい。

肩に担いだ佐和紀の足にあご先をすり寄せ、焦れて動く腰を撫でる。ほんのわずかな動きでも、濡れそぼった佐和紀の中は気持ちいい。求めるままの貪欲《どんよく》さで締めつけられ、狂おしいほどの愛情が周平を酔わせた。

「やらしい、目で……見んな」

変わった体位を取らされた佐和紀は、潤んだ瞳で責めるように周平を見た。

「見るに決まってるだろう。俺が腰を動かすと、ほら、おまえのここも揺れる。乳首も触って欲しそうに尖って、おいしそうだ」

「言ったら、だめ……」

「本当に？」

周平はひそやかに笑った。目を細めて、佐和紀の身体を眺め回す。羞恥《しゅうち》を感じているのは、体位のせいだけじゃないだろう。

周平の視線にさえ犯される佐和紀の足に舌を這《は》わせ、わざとらしく流し目を送る。視線が合うと、佐和紀が息を詰めた。

「うっ……、あぁッ……」

肌を舐《な》められたくないと髪を揺らす。周平は代わりにふくらはぎへと吸いつき、手を伸ばした。乳首を指でなぞる。

「ひぁ……」

甘い声を引きつらせた身体に緊張が走る。

後ろ手についた手は拘束されているも同然で、見た目以上に自由が利かない。

ふくりと膨らんだ小さな蕾を指で捕え、優しく揉み込みながら腰を引き寄せた。狭まった肉壁のさらに奥を突く。愛撫《あいぶ》に応えた身体は素直に周平へと絡まり、本人にその気がなくても吸いつくようだ。

優しく進むと悦《よろこ》んでうごめく。

「はぁ、ぁ……ッ、おく……」

佐和紀が身をよじって逃げようとしたが、足が高々と上がっているから、深い差し込みをほどくのも難しい。浮いた佐和紀の腰をわずかに引き寄せる。

それだけで先端がさらに奥へと忍び込んだ。

歯を噛みしめた佐和紀はあごを引き、浅い息をけだるく吐き出して目を閉じる。与えられる悦をどんなふうに受け止めようかと迷っている姿が悩ましく、周平は胸から脇腹《わきばら》へと指先をすべらせた。

焦らした指先を佐和紀の目が追う。隠していても期待感は手に取るようにわかる。中が柔らかく周平に吸いついてくるからだ。

望み通りに反り返る先端へと触れる。敏感な亀頭を撫でると、濡れたくちびるから甘い吐息が漏れた。

「いやらしい子だな」

張り詰めた先端はすでに雫《しずく》を垂らしていて、周平の手の熱さに驚いたように跳ねた。カリ首を摑まえ、佐和紀の視線を覗き込む。

「この子の方がいやらしくて、素直だ。おまえより」

笑いかけると、拗ねた顔が歪んだ。

「だ、って……。おまえが、やらしく触る、から」

「触る前から濡れてただろ。ほら、下腹についてる」

指で拭って差し出すと、佐和紀が戸惑う。

「舐めて」

震えるくちびるへなすりつける。軽く開いたところへ差し込み、吸いつくのを待つ。倒錯的な行為だ。周平の胸が疼く。

かわいがりたいけれど、いじめたい。ちょっとした意地悪を許されると、受け入れられた気分になる。

「今、おまえの奥も吸いついてきた……。わかるか、佐和紀」

こくんとうなずいた佐和紀の舌が指に絡み、くちびるでしどけなくしごかれる。そのたびに、周平の下半身を包んだ肉も淡い収縮を繰り返す。

欲情がとろりと溶け込んだ顔で、佐和紀は指を舌で押し出した。

「……もっと、触って」

そう言ってそらした胸の突起に、佐和紀の唾液《だえき》で濡れた指をこすりつけて弾く。ふるふるとわななく身体は、湧《わ》き起こる情欲を素直に受け取る。

佐和紀は目を潤ませて熱っぽく周平を見つめてきた。

そのあご先を撫で、ぐっと胸を近づけてくちびるを重ねる。

「ん、ぁ」

触れ合わせるだけのキスになったのは、昂ぶりの先端が佐和紀の奥をぐりっと掻いたせいだ。目元を歪めた佐和紀はぼんやりと周平を見た。脈を打つような内壁のリズムは、そのまま佐和紀の鼓動のリズムだ。

心臓のあたりを撫でた周平は、吸って欲しそうにチラチラと見え隠れする佐和紀の舌を自分の舌先で誘い出す。濡れた肉片が触れ合い、ぞくっと身体が震えた。

佐和紀の中で、太い肉の塊がまた一段と質量を増す。こすり上げたい欲望と戦い、ねっとりと舌を絡ませ、柔らかく吸い上げる。

それと同時に、佐和紀自身を摑んだ。びくっと震えて逃げる腰を引き寄せ直し、浅いピストンで揺すりつつ手筒を前後に滑らせる。ときどき先端を包んでこね回すと、佐和紀は低い唸《うな》り声をこぼした。

男っぽい喘《あえ》ぎに、周平の胸も掻き乱される。溢《あふ》れてくるのは征服欲だ。手のひらの中で今にも弾けそうになっている佐和紀をしごきながら、乳首を摘んで愛撫する。

「うっ、ぅ……ッ、あ、あっ、く……ぅん……」

背中をそらしながら荒い息を繰り返す佐和紀は、何よりも繋がりの奥で感じる快楽に反応した。先端が肉とこすれるたびに声を乱し、泣き出しそうに眉をひそめる。

いつもと違う快感に溺れかかっている姿は周平を深く満足させた。しっとりと潤んだ佐和紀の目に浮かぶのが愛情だと知っているからなおさらだ。

ただセックスが気持ちいいだけなら、人はこんな顔をしない。

愛し合っているからこそ貪る情欲の甘さに、周平は奥歯を噛みしめた。一息に責め立てたい欲望が奮い立ち、荒々しい気分だ。人間らしい欲望に駆られ、そんな自分を幸福だと思う。

佐和紀を組み敷いて泣かせたかった。しがみついてくる手をシーツに押さえつけて悶《もだ》えさせるのもいいし、そのままにして背中に傷を負うのも悪くない。

拒絶と要求の狭間《はざま》で揺れる佐和紀の泣き顔を思い出し、周平は眉根を引き絞った。佐和紀を抱きながら、頭の片隅でもうひとつの妄想を走らせる。

「……うご、く？」

喘ぎの合間にささやかれ、周平は首を左右に振る。

「おまえをイカせる」

ささやき返して、腰を摑んだ。深く差し込み、肩に担いでいる足を胸の前で抱く。腰を浮かせて穿《うが》つと、

「あ、あっ……」

佐和紀が驚いたように目を見開いた。

「気持ちいい、だろ？」

「や……なん、で……あ、あっ……っ」

深い場所をひたすらに突かれた佐和紀は必死になって上半身を支えた。周平はさらにス

トロークを大きくして、抜けそうなギリギリから一気に差し込む。

そのたびにずりっと肉がこすれ、

「あっ……さわ、って……。前っ。触って……ッ」

佐和紀が声を震わせる。

前立腺をリズミカルにこすり上げ、さらに奥までずりずりと突いているのだ。快感に身悶えた佐和紀は泣き出しそうにくちびるを震わせた。

「い、っちゃ……」

「イケよ。触らなくてもイケるだろ？　見ててやるから」

「見、んな……っ」

「いやらしいおまえもぜんぶ俺のものだ。ケツをこすられて、たまらなくてイクところ、見せてくれ」

「うっ……やっ、だめ、だめっ……」

初心なそぶりをしていても快感を知っている佐和紀は身を揉む。迫りくる淫蕩《いんとう》な感覚に備えた身体が波を打ち、周平の腕に抱えられた足にも緊張が走る。

「そこ、ばっか……ぁ、突か、ない、で……っ。あ、あぁ、……ぁ。い、く、いくっ……」

吸い込んだ息を喉《のど》に詰まらせ、佐和紀が腰をよじらせた。限界まで膨らんでいた先端がぶるりと震え、二人の身体の間で弾ける。胸まで飛んだ佐和紀の精液は多くない。毎日出していればなおさらだ。

「はぁ……っ。はっ……ぁ、ん……」

乱れた息を繰り返す佐和紀の身体から力が抜ける。

倒れ込みそうになる肩の後ろを抱くと、浴衣を引っかけた腕が首筋に絡んできた。肩から足をおろして、腰に巻きつけさせる。

「あっ。やぁ……」

対面座位で深々と繋がり、周平は遠慮なくくちびるを貪った。ねぶるように卑猥に吸いつき、音が立つほど舌を絡める。

「ん、ふっ……んっ。そんな……っ」

逃げようのない佐和紀にしがみつかれ、汗ばんだ肌に佐和紀の精液が広がる。色事の浅ましさが渦を巻き、周平は力強く佐和紀の腰を摑み寄せた。

「はぅ……っ、うっ……、イッた、ばっか……なの、にっ」

恨みがましい声を無視して腰を回すと、佐和紀は息を引きつらせて悶えた。

「あぁっ。深、いっ……やぁ、だ……っ」

「前でイッたら、後ろでもイケよ」

「んなことっ……ん、んーっ。ん、んっ」

抱き寄せる身体がわななくように痙攣《けいれん》して、佐和紀が背をそらして伸び上がる。

「きもち、いっ……あ、あっ」

亀頭を奥にすりつけ、ぐりぐりと刺激する。そのリズムに合わせて、佐和紀は喘ぎを繰り返す。その声は次第に甘くかすれ、うっとりとした響きに変わっていく。

「いい子だな、佐和紀。どこが気持ちいい」

優しさを装って問いかけると、びくびくと腰が揺れる。

「お、く……っ、しゅうへいの、さきっぽ……っ、当たって……っ、あ、あっ」

「優しくかわいがってやるから、甘い声で鳴けよ。ほら、ぐりぐりされるとイイだろ」

「あぁっ」

感じ入った声はもうすっかり欲情に濡れ、蕩《とろ》けている自覚もないままで佐和紀は溺れていく。

「おまえの奥が吸いついて、たまらない。気持ちいいよ、佐和紀。おまえの身体は俺のためにある……そうだろう?」

「んっ、んっ……」

必死にうなずく佐和紀が頬をすり寄せてくる。

「周平の……っ、周平の、だからっ……。もっと突いて、もっとして……っ」

艶めかしく甘えられ、周平の心はざわめき立つ。佐和紀はこれからもっと色めいていく

だろう。悩ましいほどの艶やかさと、さっぱりとした美貌《びぼう》を武器にしてのしあがっていく。けれど、誰とも肌を合わせない。周平がしてきた色事師のやり方とは真逆の方法だ。

佐和紀にはそれができる。背後に周平がいるだけで、佐和紀は性的だからだ。抱いて抱かれて、どれほど淫乱《いんらん》に愛し合っているか。男も女の夢中になって知りたがる。

「あぁ……っ。す、ごい……っ」

張り詰めた亀頭で柔らかな内壁を撫で回された佐和紀は泣き出しそうに声を震わせる。

「い、く……っ、後ろでっ……。いく、いく……っ」

我を忘れた甘い響きが、周平を蕩けた気分にさせる。

目眩《めまい》を呼び起こすほどの快感の中で、周平はまた少しだけ奥へと分け入った。

＊＊＊

タバコを取り出すと、岡村のライターの火が灯《とも》る。くわえタバコの先端を向けた周平は深く吐き出してから視線を向けた。

「元気か？」

周平が問いかけると、岡村は不思議そうにまばたきをした。久しぶりに顔を合わせるような気がしたが、三日と空いていない。

「なんとか頑張ってます」

「支倉はスパルタだからな」

静かに話しながら、周平はバーのテーブル席に座る岡村を見た。特に用があって呼び出したわけじゃない。一緒に飲みたいような気分になっただけだ。

目の前の岡村は、見違えるように高級感のあるスーツを着て、夏の暑さも感じさせない。空調の行き届いた店内で見ていることを差し引いても、趣味がよくなった。

ジャケットの襟の開き具合から、シャツの襟の大きさ。ネクタイの幅に結び目の大きさまでが計算されている。

ただ、周平が思い描いていた予想図とは違っていて、目新しさもある。個性の中に佐和紀の影がちらつき、ほんのわずかな嫉妬に胸が焦げた。

おまえに似合うと、佐和紀は屈託なく言うのだろう。周平の衣服を選ぶときの心情とは違っていて欲しいと思いながら、本当のところは想像でしかないと悟る。

佐和紀と岡村の関係は当事者たちだけのものだ。それは一種の秘め事でもある。そんな後ろ暗さに気づかない嫁の初心さを、周平はたまらない気持ちで思い出す。

「佐和紀は、いつまで『自分なんか』って言うんだろうな」

ウィスキーのグラスを摑むと、岡村の膝がかすかに揺れた。

笑いながら目を向ける。

「話題に出されて困ることでもあるのか」

からかいを投げると、不機嫌を隠した目で見つめ返された。

「困りません。ただ、意外な気がして……」

「考えすぎだ。今までだって、佐和紀のことは話してきた。これからも変わらない」

「……それは」

と言って岡村が黙り込む。続きは聞かなくてもわかる。顔に書いてある言葉を、周平は淀みなく口にした。

「ノロケるってことですか……だろ？　それぐらいのこと、黙って聞いておけよ」

ただでさえ、佐和紀への横恋慕を許しているのだ。

岡村と石垣でなかったら、こんなに自由にはさせていない。

他の男たちなら、佐和紀の魅力に陥落されて、いっそ楽になりたいと自暴自棄になるだろう。それとも、佐和紀の方が早くに牽制《けんせい》してノシてしまうかもしれない。

周平が二人を特別に扱ってきたように、佐和紀も利口な二人をかわいがっている。その方法は男らしく手荒だが、慈愛に満ちた聖母タイプじゃないのだから当たり前だ。

佐和紀は男で、理想が高い。自分なんかと卑下するときにだって、あきらめきった雰囲気はなかった。今はまだ人の後ろに従っていたい時期なのだ。

水割りを飲む岡村は視線を伏せる。そこはかとなく身にまとった憂いが、朴訥《ぼくとつ》として器用貧乏だった男を大人に変えた。

それが並み居る美女ではなく、周平の嫁だったことは偶然だ。

周平の嫁だったから好きになったわけじゃないだろう。もしも対抗意識が原因だったのなら、岡村はとっくに寝取っていたはずだ。

うっかり落ちてしまった恋に罪はない。

感情はときどき人知を越える。周平が佐和紀を特別だと思ったように、冷めて乾いた心の中に恋は突然芽吹くものだ。

叶《かな》わないと知っていても。

「あいつは、複雑だよ」

グラスを揺らして氷を回しながら周平が言うと、岡村は苦笑いを浮かべる。

「知っています」

答える声はどこか物悲しく、それでいて力強い。迷いながら踏み出す一歩。その先は誰にもわからない。

岡村だけでなく石垣にも言えることだ。

そして、佐和紀にも。

ウィスキーの香りを感じながら、周平は琥珀《こはく》色の液体を舐めるように飲む。

「俺の嫁を、せいぜい、いい気分にさせてやってくれ」

岡村の浮かべる非難がましい視線は無視した。本音を理解させようとは思わないし、知られたくもない。佐和紀に対する周平の愛情は、夫婦間でのみ理解し合えばいい話だ。これもまた秘め事だ。

岡村が自我を保てるなら、佐和紀にとっては最善の協力者だ。周平がしてやれないこまごまとしたことを任せるなら、それは岡村以外にいない。

佐和紀につぶされるな、とは言えず、周平はグラスの中を見つめた。

未来は誰にもわからない。それを恐いと思うか。おもしろいと思うか。その気持ちだって常に移り変わっていく。

だから、答えというものは風に吹かれ、絶えず揺れ続けている。ただし風は読むことができる。冷静さを失わず、目的を持てば、人はどこまでも強くなれるものだ。

周平は静かに笑い、自分の来し方を想いながら顔をあげた。

あとがき

こんにちは。高月紅葉です。

仁義なき嫁シリーズ第二部・第四巻『片恋番外地』をお手に取っていただき、ありがとうございます。今回は「もっとも死亡フラグの立っている男」と名高い岡村慎一郎にスポットが当たっております。番外編ではあるのですが、本編に関わる事象もアレコレ含まれているので、本編として文庫化していただきました。

仁嫁シリーズは電子書籍が先行配信なのですが、この作品、発表当時から『オカムラスキー』たちをヤキモキさせたようでして、初めてお読みになる文庫待ちのオカムラスキーたちも悶絶させたでしょうか。「キスぐらいさせてやれよ！　でも、浮気になるからダメだ……」というジレンマです。正直、作者でさえ「さっさとクチビルくっつけろ」と思うことはあるのですが、男の純情って繊細なので仕方ないですね。

星花と田辺が登場しましたが、星花は『用心棒にキスの雨を』（アズ文庫刊・電子書籍あり）に脇役として登場。田辺は「インテリヤクザと甘い代償」（電子書籍のみ・シリーズ展開あり）で刑事とラブラブです。岡村のせつない片想いの前哨戦としては、電子書籍

「仁義なき嫁8～短編集～」に『早春物語』という番外短編が収録されています。田辺と佐和紀の因縁については、この作品がわかりやすいです。

今回、巻末の短編は書き下ろしです。「タカシスキー」と「タモツスキー」にも喜んでいただけましたら幸いです。そして岩下夫妻のラブラブを。本編中はアレだけだったので……。周平視点は、一点の曇りも戸惑いもない「佐和紀愛」が、いっそ清々しいです。

ツイッターでは『仁義なき嫁』シリーズの小ネタや妄想をつぶやいてます。著者名で検索してください。WEBサイト「紅葉屋本舗」(http://momijiya.sakura.ne.jp/)でも見ることができます。こちらには、同人誌情報、作品への所感を綴ったあとがきモドキや、ちょっとしたSSを掲載しています。

最後になりましたが、この本の出版に関わった方々と、読んでくださっているあなたの善意ある『みかじめ料』に心からのお礼を申し上げます。

今後とも、仁義なき嫁シリーズをよろしくお願いします。

高月紅葉

＊仁義なき嫁　片恋番外地：電子書籍『続・仁義なき嫁4〜片恋番外地〜』に加筆修正
＊恋模様：書き下ろし

ラルーナ文庫

この本を読んでのご意見・ご感想・ファンレターなどお待ちしております。〒111-0036 東京都台東区松が谷1-4-6-303 株式会社シーラボ「ラルーナ文庫編集部」気付でお送りください。

仁義《じんぎ》なき嫁《よめ》　片恋番外地《かたこいばんがいち》

2017年10月7日　第1刷発行

著　　者｜高月《こうづき》 紅葉《もみじ》

装丁・DTP｜萩原 七唱

発 行 人｜曺 仁警

発 行 所｜株式会社 シーラボ
〒111-0036　東京都台東区松が谷 1-4-6-303
電話　03-5830-3474／FAX　03-5830-3574
http://lalunabunko.com

発　　売｜株式会社 三交社
〒110-0016　東京都台東区台東 4-20-9　大仙柴田ビル 2階
電話　03-5826-4424／FAX　03-5826-4425

印刷・製本｜中央精版印刷株式会社

ISBN978-4-87919-999-7